藥丸奧斯卡

第二部
體內的偷渡客

VOLUME II

OSCAR PILL

ELI ANDERSON

LA RÉVÉLATION DES MÉDICUS

a novel

艾力·安德森——著
陳太乙——譯

春天出版
Spring Publishing

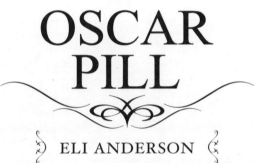

奇遇記

醫族男孩覺得彷彿過了幾千萬年那麼久，忽然一陣劇烈恐怖的撞擊：小船衝撞上一種液態表面。奧斯卡以為自己全身的骨頭都散了，碎成萬段。儘管如此，下墜之時，他仍使出全力抓緊方向盤，不敢鬆開。

奇蹟般地，飽受顛簸的小船並沒有沉入水底；引擎沒熄火，在起伏盪漾的波浪中航行。漫天口水細沫遮蔽了視線，瀑流的巨響震耳欲聾，奧斯卡將加速桿往前推到底。小艇彈跳起來，終於衝出那一片嘈雜，來到一個比較安靜的區域。男孩放慢速度，緩緩靠岸。

他花了整整一分鐘平復情緒，並仔細檢查自己的身體：竟然毫髮無傷，全身而退！然後，他抬頭探看掉落下來的地方。

這時，他才明白：原來他掉到了輸送工廠前方。這就是為什麼莫倫要建議他順流而下，直接來到瀑布下方……他抬眼向上望，席亞淋的高度距離這裡少說也有一百公尺，彷彿飄浮在空中似的。閥門都已關閉，瀑流逐漸乾涸，在工廠前面形成一個地底唾液湖。

一大群像帕若蒂德那樣穿著橡膠緊身衣的男人從輸送工廠中走出，搬出超大的機器，開始從湖中汲取唾液。工廠內，工人們正朝滿載食物的卡車噴水；車子一輛輛經過他們面前，然後開到輸送帶旁。

奧斯卡走到一個男人身邊。

「抱歉，請問您：有沒有其他方法可以進入研磨工廠？」

男人擦拭滴滿唾液的雙手，取下面罩，上下打量他。

「我說，小鬼，你以為你現在是在黑帕托利亞的遊客中心還是怎樣？再說，首先，你要去那裡做什麼？」

「我只是想越過研磨工廠，前往大山……」

男人緊張得僵直了身子。

「那裡什麼也沒有，小子，你聽懂了沒？大山裡什麼也沒有。而且，對一個像你這個年紀的孩子來說，這太危險了。走吧！快回家去，讓我好好工作！」

奧斯卡沒再追問下去。很顯然的，在這裡，他應該找不到人幫他前往黑帕托利亞山。他終於領悟到莫倫的建議有多麼珍貴，早知道應該一字一句背下來。

他偷偷溜到裝載和推動卡車的工人群裡，沿著中央主要輸送帶走到底。

來到開口前，他抬起頭，看見接近洞頂的最高處，研磨工廠控制室的露天平台。他暗暗祈禱自己不會被人從那個制高點看到，謹慎地彎下腰。假如奇蹟發生，他能跳上去又沒摔死，就能進入一個桶槽之中。而這一次將沒有人來替他按下緊急按鈕，把他從銳利的刀鋒下救出來。嗯，他必須繞過桶區，另想一個辦法，進入工廠。

奧斯卡開始尋找別的出口，不小心被一個男人撞上。

「嘿！」那人喊道：「是你要來修理第九號桶槽嗎？」

奧斯卡根本沒時間反應。

「怎麼現在才來？！彭思還在想不透自己怎麼會消化不良呢！你想想，九號槽的刀子完全轉不動啦！就是那邊那個。」他說著，一面指著玻璃窗外，離其他大槽遠遠的那只桶子。

那傢伙又彎腰盯著奧斯卡的披風，皺起眉頭。

「喂，這個M字是什麼意思？他們換了一家修理公司嗎？」

奧斯卡支支吾吾地說：

「呃……對，這……這表示……我們是一分鐘修繕公司！」

男人聳聳肩。

「『一分鐘』？聽你胡說咧！我們已經等三天了！跟平常一樣，從安全梯上去，哼！」他咆哮著離開，手指著奧斯卡之前沒發覺的一扇門。

醫族男孩點點頭，急忙跑到門邊，但願那名工人不曉得自己搞了個大烏龍。他迅速跑進安全室，衝下樓梯。下了兩層樓之後，來到另一扇門前。這是唯一的出口，反正他也沒有選擇。他推動門栓，打開了門，向前踏了一步，走進遼闊的廳室。奧斯卡停下腳步，說不出話來。

在他面前，那些桶槽顯得巨大無比，總之比之前在萊斯的黑帕托利亞裡所看到的還大上許多，數量也更多。這裡總共有十個巨槽，在發亮的白色地面上排成一圈，以厚實的鋼柱架在空中，像在爐火上煮著的大鍋，只是桶槽下方並沒有火，只有這片光亮油滑的地面。

奧斯卡戰戰兢兢地向前走，盡量不滑倒，然後躲到其中一只大桶下方。他試著放下心：從控制室看下來，他應該只有螞蟻一般大，想必不會被察覺。他注意到，在兩只桶槽之間，拉起了幾座空橋。這些通道一定是用來在必要的時候跨走在桶槽邊緣，便於修理故障的部分，像今天這樣。話說，他真想堵住所有研磨槽裡的轉刀，給彭思一個教訓，誰叫他把不屬於他的可頌麵包這樣狼吞虎嚥……

男孩從所在位置觀察這個空間：除了剛剛來的安全門之外，沒有其他出口。他的目光循著上方的通道走：空橋圍繞每只大桶，形成一個環，不能通往其他任何地方。於是奧斯卡開始思索，該如何進展到下一步，也就是ＡＡ區：那是前往大山的必經之路。為了讓心中有個著落，他的手撫摸上魔法書的封面。他幾乎要詢問它了，隨即改變主意。不，現在就把唯一的機會用掉，太早了。他應該好好思考，試著在向魔法書求援以前找出解決辦法。

但根本輪不到他多想：答案自己跑了出來，而且還是用最糟的方式。

地面開始顛震，中央出現一條裂縫。事實上，地板是兩張板塊構成的，此時就像有人推開窗門一般向外張，不過這地板是向下陷。

奧斯卡站在其中一塊板面上，無可避免地往下滑。他試圖抓緊離他最近的大桶，但桶槽跟地面一樣滑溜，既沒有握把，也沒有彎鉤，完全無從下手。地板愈來愈傾斜，眼看奧斯卡就要掉下去了。他奮力一搏，往上跳起，盡可能伸長身體，終於抓到一道空橋下方的橫樑，掛在兩只桶槽之間。

他低頭看下方：地面不見了，兩塊板面完全張開，他懸吊在一個金屬大漏斗上方。這個巨大的漏斗是用來做什麼的？漏斗底部有什麼？接下來會發生什麼事？

他喊了起來，開始求救，但已經太遲了：其他研磨槽的馬達轉動得愈來愈響，刀鋒慢慢停止轉動，馬達的轟隆聲被一種嗡嗡低響取代。奧斯卡的眼中滿是驚懼，眼睜睜地看著一只只巨桶翻倒，掉入漏斗中。

十只研磨槽中的黏稠食物泥糊同時塌落，如雪崩一般，滾滾落下。醫族男孩被捲入泥流，努力掙扎，雙手緊握橫桿；但撞擊實在太劇烈，他被迫鬆手。墜落途中，幸虧他發揮終極本能，及時將自己裹入披風中，然後才被拖進冒著泡的漩渦裡，塌陷沉入漏斗底部。

一片漆黑，又黏又熱。奧斯卡天旋地轉，不知方向，有種恐怖的感覺：這樣的旋轉彷彿永遠沒完沒了。

又一次撞擊，總算終結了無止境的陷落。

他重重地摔落在地，立即感到：在他上方，黏稠的食物泥仍不斷掉落。他全身疼痛，頭暈目眩，集中所有力氣，滾到一旁，以免整個人被活埋。

男孩還不敢冒險掀開披風看外面；先觸診並按摩四肢，確認器官運作正常，然後才決定探出鼻尖。

他位於一座長方形廳室的一端，廊洞非常長，牆面是發亮如鏡的金屬，像鋁鐵。左手邊，整片牆面上有好幾扇門，排成一列。每扇門前都鑿了一個洞，從裡面射出紅光，照亮這個廳。

突然，奧斯卡感到腳下的地面在動：原來他站在一張輸送毯上，毯子開始自動前進。

當食物堆通過第一道紅外線光時，第一扇門透光發亮，金屬門板滑動，隱入牆壁中。門裡走出一個人，整個臉被面罩蒙住，只能透過面罩視窗隱約窺見。他穿著一件像太空裝的防護衣保護全身；手裡則拿了一根灑水管。男人張口說話，透過面罩裡配備的麥克風所傳出的聲音立即迴盪在廳裡，聽起來像機器人：

「光束偵測到食物。啟動酸液噴灑作業。」

男人按下一顆按鈕，一股泡沫隨即從管口噴出，淋在食物糊上，距離奧斯卡僅僅兩公尺。澆過酸液的食物糊開始發出細碎的聲響，好比有人踩踏在積雪上；同時並冒出一股濃煙。不消幾秒鐘，那團泥糊縮小了不止十倍，化為一顆黑褐色的小球，仍兀自冒煙。食物糊堆陸續前進，每次觸碰門前的光束，就有一個同樣裝扮的人走出，噴管吐出酸液，分解所有經過的東西。

奧斯卡奮力站起來，朝反方向狂奔，直到漏斗出口，拚命往上朝桶槽室跑。但他雙腳陷入骯髒腐臭的泥糊中，地面又前進得太快，最後，他還是觸碰到第一道紅光。

一個合成聲音憑空響起：

「偵測到貨物中有一團會動物品。很可能是上游器官消化不良的食物。酸液份量加倍。」

門板上方亮起一盞指示燈，另一個同樣裝扮的人出現。這兩名工人交談了幾句，奧斯卡剛好聽見。

「彭思又生吞了什麼活的東西？每次有這種狀況，研磨工廠都沒把工作做好！上面那些傢伙，真的很難搞耶！想也知道，他們一定又會說：『我們的研磨槽發生技術性問題！』」

另一人轉頭看他。

「裡面有活的東西？你倒說說會是什麼？」

「我怎麼會知道？！說不定彭思喜歡吃生蠔！」

「生蠔？一大清早的，而且竟然配歐蕾咖啡？！」面罩視窗後方，看得出這人一臉嫌惡的表情。

「總之，光束偵測到有東西在動。」第一名工人執起長長的噴管。「嘿！你看！輸送帶中央，那團綠綠的玩意兒，我看見它在動！真不敢想像！」那傢伙大聲嚷了起來，「彭思竟然咬也不咬就把東西一整個吞下肚！我的天啊！快點，快來幫我，我們得把酸液的份量加倍，一定要讓它全部融化才行！」

眼見只剩幾公分，奧斯卡就要來到第一名工人和致命的噴管前方！而當第二名工人也現身，奧斯卡只來得及捏住鼻子，蹲進泥糊中，用披風蓋住全身。他感到酸液水柱噴在背上，披風的布料神奇地保護他毫髮無傷，但煙焦味仍飄了進來。奧斯卡由衷感謝魏特斯夫人事先準備這件披風讓他帶上路。他同時祈禱披風能抵擋住AA工廠的強酸攻擊到最後一刻。經過這一番折騰，奧斯卡心想，它大概只能拿來當拖把了！

過了一會兒——對他來說，彷彿過了一輩子那麼久——，感覺他們不再噴灑酸液了。但願終於已到輸送帶盡頭。他謹慎地掀開披風一角，朝外瞄了一眼。

的確，他已經抵達強酸攻擊區的底端。在他正前方，展開一條寬闊的管路。怎麼樣才能知道這管子會通到哪裡？

先前，莫倫來不及詳細告訴奧斯卡，在這座工廠之後，他將遇上什麼事；但大山應該就在不遠的地方，無論如何，絕不能就此離開彭思的身體。他沒忘記這次任務的目的：裝滿他的水晶瓶，取得他的第一份戰利品。他用手摸摸腰帶上的第一個皮囊。漆黑的披風裡，亮光閃爍了一下，為他打氣。

他不多加思索，盡快擺脫燒焦的食物殘渣，轉頭回望：沿牆崗位上的噴酸液傢伙都已不見人影，而最後一扇門還開著。正當金屬門開始沿著軌道滑動，奧斯卡三步併作兩步，全力奔跑，來到門口時，門縫空間僅夠他側身鑽入。他一頭栽進去，趴倒在地上，就在門關上前一秒，進到另一邊。

他爬起身，環顧四周。在他左方，遠遠地，AA工廠的工人排著整齊的隊伍離開。他躲進一個隱蔽的凹洞，等到他們完全消失才出來。

一種熟悉的聲響吸引他的注意：那是水聲，似乎來自右邊。他小心翼翼地往那個方向走了幾步，發現一條隧道，通往幽深漆黑。

他往內走一步，慢慢再踏出第二步。隧道的壁面極富彈性，佈滿橫紋；他腳下的地面則不穩晃動。他盡可能往前進，抵達一條水流岸邊。奧斯卡想起莫倫的說明：這想必是一條跨界大水網的伏流；那片連結世界各地的水域網絡……

男孩一路摸索，來到一個像碼頭的地方，小心地俯下身。靠近看起來，這條河和他在體外世界所知道的河川完全不同。首先，河水的流動是一陣一陣的：水流動一會兒，暫停，然後又繼續往前流，以此類推。第二個不同之處更加醒目：那不是水……河裡流動的液體是紅色的——鮮紅如血！

他抬眼看頭上方一個螢幕，可以讀到一連串時間，而每個時間旁邊都標註了一個奇怪的代碼：DR5，DR2，DR4……他正猜測著這些數字所代表的意義，突然被一個聲音嚇一跳：

「下一艘接駁艇即將抵達，請退到安全線後面。」

這時，一艘像小型潛水艇的橢圓形船艦浮出水面，奧斯卡向後彈了一大步。潛艇宛如海豚一般躍出，在空中劃出一道弧線。

奧斯卡聽見一個女性的聲音——或者該說是女孩——發出歡呼。

「伊哈！」

一時之間，他還以為自己身處美國西部的競技場，面對一位成功馴服壞脾氣野馬的英勇牛仔。

下一秒，潛艇落在波面上，濺起一大束鮮紅水花。奧斯卡沒來得及擋住，從頭到腳被噴了一身。潛艇在他正前方停下，類似駕駛艙的頂部掀開，露出一張女孩的臉。她綁著兩條辮子，顏色和河水一樣鮮紅。

「哈囉！呃……抱歉。」女孩燦爛地笑著，繼續說：「我的意思是，這是十點三十五分的接駁艇。您要去哪裡？」

奧斯卡一身濕淋淋的，張大嘴說不出話，朝船隻靠近。看他沒回答，年輕的女駕駛站了起來，雙手扠腰。

「喲呵！喂喂喂，碼頭上的人，你聽見我說話了沒？你要去哪裡？」

「呃……其實我不太知道……」

女孩翻起白眼瞪著電子螢幕。

「你得趕快決定，因為下一班船會在四分鐘後抵達！」

奧斯卡覺得這個新來的女孩未免有點魯莽；她剛才濺了他一身水，不僅連對不起也沒說，現在還跟他大小聲。他可不打算被牽著鼻子走。

「那好吧，我等下一班船好了。這樣我至少還有時間把身體晾乾！都是妳，害我全身都濕了！妳這種駕駛技術是從哪裡學來的？！」

女孩反而開心地大笑起來。

「噢！好啦，別生氣，上來吧！進船艙之後再告訴我你要去哪裡。」

她自己擠到一邊，讓奧斯卡能坐下。男孩猶豫了一下，做出決定。反正他也沒有其他選擇。這是第一次有人主動對他伸出援手，他總不該拒絕。

他一腳踏上小艇；船艙裡只坐得下兩個人。女孩阻止他：

「喂，你會把這裡弄得髒兮兮的！這是什麼衣服？你的披風好奇怪，而且髒得要命！還有，臭死人了，多謝喔！」她捏住鼻子：「上船之前，先抖一抖好不好？」

奧斯卡只得照辦，卻暗地嘟囔抱怨。絕對錯不了，這女孩一直在找他麻煩……清除了被酸液攻擊後留下的食物泥汙漬後，披風總算比較像個樣子了，女孩才准許他上船。

奧斯卡一踏上甲板，艙頂門便緩緩闔上。他觸摸潛艇的壁面：那是一種奇怪的透明材質，原先他還以為是玻璃。

「歡迎來到我的噴射艇環球紅牛DR5號！」女孩大喊，一面旋風似地發動引擎。「艇身具有伸縮彈性，在通過非常狹窄的小溪或淤塞嚴重的運河時，超實用的！」

潛艇在鮮紅液體上奔馳跳躍，奧斯卡緊緊貼靠在座椅的椅背上。環球紅牛開始在幾百艘各式各樣五顏六色的潛艇陣中蛇行穿梭。其中有一些群體行動，另一些則單獨前進。在他們前方，出現許多複雜的機器，串連固定在金屬桿上，到處閃爍發亮。

女孩忽然猛力轉了一下方向盤，閃開那些機關。

「噢！這些痞質！真煩人！隨便亂跑，也不事先打聲招呼！」

「痞質？那是什麼？」奧斯卡問，忘了自己正對少女駕駛生氣。

「普羅特因，一個電腦和水上機器的品牌，在這裡生意好得很——跨界大水網裡滿滿都是！但說真的，他們根本就不會開船！算了。你決定好了嗎？你總得告訴我一個地點啊！」

「妳在跨界大水網裡開計程船嗎？」

「事實上，」女孩招認，「我的工作主要是載運氧氣糖果：我負責運走空糖果殼，載送裝滿氧氣的糖果，差不多要送到這個世界的每一個角落。不過，有時候，如果碼頭上剛好有人，我會自願載他們一程，這樣路上才不會那麼無聊呀！照規定，」她以跟朋友秘密交心的口吻說，「在DR5潛艇上不允許載兩個人，但是誰在乎那麼多呀？！你說對不對？」

奧斯卡斜眼瞪她。他可沒那麼放心，而且完全無法不去在乎這件事。不過，總之，他也覺得，這樣的確比單獨一個人在這個陌生的世界旅行來得好。到頭來，他對自己說，好運總算對他微笑了。這或許是個免費參觀的好機會；雖然導遊是個紅髮怪女孩，年紀與他相仿，絕不會比他大。

「妳能帶我去黑帕托利亞山嗎？」奧斯卡問。

「啊，」女孩露出困窘的表情，「那座山……我不確定知道它到底在哪裡耶，不過，我可以試試看……」

奧斯卡直起身子。

「什麼？我還以為妳必須把氧氣運送到世界每一個角落！」

「好啦，其實，實際上做這項工作的並不是我，而是我爸……不過他覺得我的駕駛技術很好喔，你知道吧！他跟每一個人都這麼說。」

奧斯卡從座位上彈起來。

「妳是說……妳是說，這艘潛艇是妳爸爸的？妳沒有駕照？！」

「噢！安啦！別這麼激動！」女孩被激怒了。「好，我是沒有駕照，但我自己能解決，比很多大人還厲害！而且，開船也不是什麼天大的難事，我有定位導航系統，你那座山，一定能幫你找出來！」

奧斯卡閉上眼睛。他怎麼會一時昏頭，跟這個從一開始就在說謊的小女孩上船呢？！她嘲笑他。

「不會吧！你還真小家子氣耶！放輕鬆，深呼吸，要是還不行的話，從你背後的瓶子裡吸點氧氣吧！噗！就為了一張駕照……等我去考的時候，鐵定能拿到，沒有問題嘛……」

「問題就在於，」奧斯卡火冒三丈，「妳還沒去考！」

「這就證明了根本不需要去考啊！我不是駕駛得很好嗎？」女孩不甘示弱地反駁。「話說，你除了是個奇裝異服的膽小鬼之外，到底是什麼人？」

「首先，我才不是膽小鬼！」

「好吧！那你是個奇裝異服的什麼人？」

奧斯卡掏出鍊墜，伸到少女駕駛的長鼻子前揮晃。

「我叫奧斯卡．藥丸，我是醫族。」

女孩睜圓了眼。

「什麼？你，醫族？可是爸爸告訴我，醫族都很高大，強壯，英勇無比耶！」

奧斯卡交叉雙臂抱在胸前，像隻被踩到尾巴的小狗，氣得發狂。

「我本來就很英勇！我是一名年輕的醫族，只是這樣！」

「喔，你是初學者，跟我一樣嘛！那我跟你說我沒有駕照的時候，你有什麼好氣的？你還不是還沒領到醫族執照！」

她哈哈笑了起來。奧斯卡卻一點也不想笑；可以的話，他真想勒死她。

「那妳，妳又是什麼人？」男孩反問。

「我是骨髓獨立共和國的紅血球。我叫小紅三四—四六—三五的二十次方。」

「這……這算哪門子名字？！」

「『這……這算哪門子名字？！』」女孩嘲諷地模仿他的口氣。「怎麼了？你覺得奧斯卡．藥丸有比較好聽嗎？三四是我的家族，四六是世代，而三五的二十次方是我在兄弟姊妹中的排行。不過，你可以叫我瓦倫緹娜，隨你高興。我家的人都這樣叫我。」

瓦倫緹娜又猛轉一下方向盤，環球紅牛DR5號側身彈跳起來，閃開另一艘看起來比較老舊的紅牛艇。女孩慌忙趴下。

「糟了！是我姑姑！但願她沒看見我！你來掌舵！」

奧斯卡照著她的話去做，試著在一片鮮紅河水中，為他們的潛艇另闢一條路。

「超過她了嗎？」瓦倫緹娜問。

「對，她已經走遠了。」奧斯卡回答，雖然並不清楚那位姑姑跑到哪裡去了。

女孩站起身，臉色顯得更紅了。

「呼！千鈞一髮！要不然她一定會跟我爸告密，我太了解她了，八卦婆！」

「妳的意思是說，妳爸爸並不知道妳把這艘潛艇開出來？」

「不會吧？你怎麼又來了？有夠煩的！那座大山，你到底想不想去？」

奧斯卡點點頭。女孩的手指繞著一根辮子轉圈。

「問題是，我不能離開這裡太遠，而大山的入口想必不可能就在附近……我想，那就必須出水面，到地上去。」

奧斯卡搖搖頭。這女孩從一開始就不停吹牛，現在竟然退縮，宣稱不能載他前往目的地！他真的受夠了。

「好，如果妳沒辦法去，那就浮到水面上，靠碼頭讓我下船吧！」他說，「我會自己解決。」

這一次，輪到瓦倫緹娜被激怒了。

「我哪有說我沒辦法？我只說我不能離開太遠，要不然會被爸爸發現我偷開了他的環球紅牛！而且，」她總算還是承認了：「要去黑帕托利亞山，必須經過高速公路。」

「什麼高速公路？」奧斯卡一頭霧水。

「大門河。」瓦倫緹娜回答，「爸爸禁止我開到那裡。」

她聳聳肩，彷彿覺得她的父親真是腦袋有毛病。

「那裡交通太繁忙，對一個年紀輕輕的女孩來說，太危險。但其實我一點也不怕船多！」

瓦倫緹娜對她爸爸的評論，奧斯卡並不感興趣；他只想要離開這艘潛艇，另外找個方法前往大山。

「很好，那麼，讓我浮到水面去！」他說。

「等等，我或許有另外一個辦法可以解決。」

「什麼辦法？」奧斯卡不耐煩地問。

「我不曉得大山的入口在哪裡，但出口倒是知道！」

「出口？」

「對啊！」女孩嚷了起來。「喂，你還真的什麼都不懂耶！從山裡挖到的礦總要運出來吧？！」

奧斯卡這才想起曾讀過黑帕托利亞的資料，內容中提到這裡的礦山出產珍貴的物質，能分解某些食物；此外蘊藏著供給所有五世界的能源和燃料。因此，魏特斯夫人曾描述黑帕托利亞為最黑暗、最堅硬，但也是對其他世界最有用的區域。

「當然，我當然知道！」奧斯卡覺得自尊心受傷。「好吧，那就帶我去那裡，接下來的事我自己會想辦法！」

其實奧斯卡並不清楚到了大山出口之後該怎麼做，但他一定會找到進去的方式。他運氣不錯，遇到了瓦倫緹娜，儘管討厭她那副自信十足和「我說了就算」的模樣。或許機會的大門會再為他開啟一次。何況他還可以詢問魔法書。奧斯卡掀開披風：魔法書好好地保存在內袋裡。

瓦倫緹娜開啟定位導航系統，突然加速。

「出發前往黑帕托利亞山！」

整段航程中，奧斯卡寧願緊緊抓住座椅扶手，也不想跟瓦倫緹娜說話，連聽都不想聽。她又說謊了：她想拿到駕照還早得很！就算是開第一代用腳踩的潛艇她也不夠資格！等環球紅牛以瓦倫緹娜的特殊方式躍出水面，也就是說，先在空中平飛一小段，然後重重落入河中，奧斯卡才終於鬆了口氣。潛艇靠岸停下。

當發現他們不再處於地底，他深深感到安心多了。伏流從地下湧出，河道在地表上繼續展開。艙頂門開啟，奧斯卡蹣跚搖晃地走出來，感覺雙腳不太踏實。瓦倫緹娜跟在他後面，興奮地跳上地面。看起來，這段極速航行絲毫沒對她造成任何影響。

「啊！呼吸一點新鮮空氣真舒服！」女孩雀躍地喊道。

奧斯卡在岸邊走了幾步。頭頂上方，很高很高的天空裡，月光似的光明灑落大地。他抬眼看著聳立前方的那一大片陰森駭人的黑影：他們已經抵達黑帕托利亞山下。

深入大山

他覺得這座山巨大無比。褐色的巨岩，表面光滑，處處洞孔，卻沒長出任何東西。一道銀白月光照在岩石及山谷上。

奧斯卡毫無頭緒，不知該往哪個方向前進；不過，至少，他已經走到這一步。他身後響起一聲激賞的口哨。奧斯卡轉身：瓦倫緹娜還沒走；眼前的風景似乎令她很感動。

「哇！」她把頭仰得高高的，「我竟然從來沒看過！載你來真是載對了！這美呆了，不過也有點叫人膽戰心驚，不是嗎？」

奧斯卡瞪著她，不敢掉以輕心。

「OK，那就，謝謝妳載我到這裡，再見。」他語氣強硬，堅決打發她盡快離開。

他可一點也不希望在他嘗試進入大山時，後面拖著女孩這個甩不掉的油瓶；但瓦倫緹娜似乎不急著要離開。

「你別理我，」她欣賞著陡峭的山壁，「做你的事，把我當空氣就好了……」

「妳父親會擔心的。」奧斯卡把瓦倫緹娜推到環球紅牛艇旁，不肯讓步。「好了，現在，快走吧！」

紅血球女孩還想抗拒，但奧斯卡比她強壯。

「可是……為什麼我不能留下來？」女孩哀求。「我一個人待在這艘船裡好無聊，而且他們從來都不讓我上地面！我不會給你添麻煩的，我保證！」

「話可是妳自己說的喔：妳不應該跑太遠。」奧斯卡提醒她，一面把她推進潛艇裡。「而且我有很重要的事要辦。」男孩煞有其事地說，「可能非常危險，妳不能留在這裡！」

瓦倫緹娜生氣地掙脫奧斯卡的手，發動環球紅牛。

「好，好，好！我走！謝了，你真好心！我幫了你一個大忙，而看看你是怎麼感謝我的！我會記住……」

她把潛艇猛力往後退，差一點撞翻一艘老環球紅牛DR2。這時，奧斯卡正專心檢視山坡走向，突然醒悟自己根本不知道女孩說的出口在哪裡，連忙在最後一秒攔住她。

「嘿，那個大山的出口，究竟在哪裡？」醫族男孩問。

「啊哈！」駕駛座上的女孩大嚷。「現在需要我了，就要我留下？嗯？哼！出口，你自己去找吧！」

不等奧斯卡回應，她便關上艙門，旋風般離去。奧斯卡聳聳肩。他會自己想辦法的，就是這樣。假如有出口，他一定會找到。

他邁開步伐，決定先朝左走，繞山腳一圈。

一個鐘頭過去了，卻彷彿絲毫沒有進展：他愈走愈覺得黑帕托利亞山好寬好大。這一路上，根本沒看見任何開口，也沒遇到任何東西從山裡出來。風景單調，一成不變：大山擋在面前，河水沿山邊延伸，天色深沉漆黑，偶爾閃過幾道來自橫膈膜的亮光。

奧斯卡垂頭喪氣。他開始相信自己走錯路了，猶豫著是否該像魔法書提問。此時，一種低沉的滾動聲響引起他的注意。似乎就發生在前方稍遠的路上。他朝那個方向奔去，繞過好幾顆岩石後，頓時煞住腳步。

他就近爬到一座小山頭上，以便更清楚地觀看展開在眼前的這一幅景觀。

事實上，大山由兩座尖峰組成，中間相隔一片谷地。山谷中央有一條管道，宛如巨型溜滑梯；一大團黏膩濃稠的物質在上面滑動。奧斯卡看一眼就認出：那是食物糊，幾個小時之前，他還浸在裡面掙扎。這時，他想起莫倫的說明：這團泥糊很可能是從AA工廠運來的。

同時他也記起當初學過：大山製造一些物質注入食物泥中，也就是說，注入那座滑梯裡。他的目光循著滑梯的路線走；然而，無論從這頭看過去，還是從那頭望過來，滑梯都並未穿入大岩山。那麼，這座山所製造的物質會從哪裡出來呢？那個出口究竟在哪裡？

空中傳來一陣引擎轟隆，打斷他的思緒：在他頭頂上方，一架、兩架，好幾架飛機飛越那個區域，彷彿猛禽撲向地面上的獵物一般。其中一架俯衝下山谷，其他飛機跟隨在後。機隊下降飛行高度，低空飛行；在經過滑梯的露天管道時，飛機將貨艙中載運的東西對著食物糊噴灑：黃綠色的雨點打在滑梯中的泥糊上。奧斯卡想到救火機——這種飛機先飛到湖上汲水，然後灑在失火的森林裡，撲滅火災。

噴灑完畢之後，飛機拉回正常高度，奧斯卡專注盯著機隊。他們打從哪裡來？在食物上灑了什麼？

飛機一架架飛往右側的山坡，降低高度；最後，放慢速度，緊貼著山壁，近得讓奧斯卡擔心機翼將因而折斷。第一架飛機來了個一百八十度大迴轉，然後直接衝向大山！天啊！這是發生了什麼事？它的機件故障了嗎？機頭即將撞上岩壁那一刻，奧斯卡不敢看那恐怖的慘劇，寧願閉上眼睛。

但是什麼也沒發生！沒有撞擊，沒有墜機，沒有爆炸。奧斯卡睜開眼睛：領頭那架飛機僅僅憑空消失了！

他用目光在漆黑的天空中搜尋，發現了幾個亮點：還有五架飛機。

第二架飛機完全依照第一架的模式操作：一百八十度大迴轉，衝向大山。這一次，奧斯卡全神貫注地盯著飛機的空中芭蕾，打算親眼見證即將發生的事……而再一次，飛機憑空消失，被大山吞沒！

於是奧斯卡爬下岩石，另外找一個觀察地點，以便透過不同的角度觀看山勢。他的眼睛也沒離開第三架飛機。這一回，總算看得清清楚楚：飛機在距離幾公尺之處減慢速度，深入山壁上一個洞穴裡。

想也知道，有個山洞！

奧斯卡終於把飛機、大山和他所找尋的地方聯想在一起。黑帕托利亞山礦坑的產物就是這樣送出來的：利用飛機！食物糊並不需要穿越山脈去吸收那項物質，而是飛機載運礦產，飛到山谷，投灑在食物上！

醫族男孩這才明瞭：那就是珍貴的黑帕托利亞漿液，只有在大山核心才找得到，他必須用它來裝滿小水晶瓶。

他往前跑，想看清楚更多細節。如果能知道飛機究竟從哪裡出來，又從哪裡進去，他就能循路找到那座漿液泉源。

第四架和第五架飛機沒入山洞裡，奧斯卡十分確切地辨識山洞的位置。洞口位於頗低的山坡，順著一條他曾注意到的岔路往上即可，抵達洞口不是問題。他重新燃起活力，朝大山飛奔，攻向目的地。

奧斯卡開始攀爬登高。起初，他能闊步奔跑，像頭小羚羊似地，從一座岩石跳到另一座；後來，很快地，便氣喘如牛。上山的路愈來愈艱難。他感到雙腿沉重，任何一點凹凸不平都能將他絆倒。他摔個大跟頭，爬起來，又不小心捲進大披風裡。到目前為止一直那麼有用的披風，現在卻成了最大的麻煩。

他原以為只要一刻鐘就能抵達，沒想到已經花了兩個多小時。

踏上最後一塊石頭，距離山洞只剩幾公尺，他整個人癱倒在地，大口調整呼吸。稍微覺得舒服些之後，他便朝洞口走去，往裡面看了一眼。

這個洞比先前在黑帕托利亞世界所看到的任何洞穴都大得多。他本來以為這只是一個平凡的山洞，其實卻是一座開鑿在岩壁中的遼闊庫房，共鋪設了三條跑道。停機庫中有十幾個人在飛機旁邊忙碌工作。有些人增添燃料，其他人拿著放大鏡，仔細偵測有沒有任何技術性問題，才讓飛機再度起飛。

這些人的工作都結束之後，才出現另一批強壯的工人，個個皮膚黃褐發亮。他們捧著許多大透明大瓶子，裡面裝著液體，閃閃發亮，和他們的膚色一樣：散發著橘紅光芒的琥珀黃。黑帕托利亞漿液！就在這個時候，奧斯卡感到一股熱流從腰帶的第一個皮囊傳來：空的小水晶瓶認出了它所需要的液體。

奧斯卡注意觀察工人將大瓶子裡的液體裝入儲存槽。這或許是千載難逢的好機會，跟他們走，讓他們引導他到大山核心，在那裡找到珍貴漿液，填滿他的水晶瓶！

他猶豫了一會兒，趁著技師專心工作，偷偷地從藏身之處溜到正要離開的黑帕托利亞人群中。糟糕的是，他踩到披風下襬，絆了一跤。踉蹌的聲響引起人們注意，他只來得及將身體緊緊貼住一堵厚牆墩，躲開他們的視線。在此同時，他感到似乎踩到什麼軟軟的東西。

「唉呀！」

一個聲音從他正後方響起。奧斯卡驚跳起來，轉過身，嚇得魂飛魄散。他的右手抓住鍊墜——T恤下，字母發出微弱的光芒。奧斯卡低聲問：

「是誰在那兒？」

沒有回答，只聽見一陣斷斷續續的喘息。他冒著被技師們發現的危險，拿出金色M字照亮，以便看得清楚些。

在他躲藏的牆凹深處，有一個金髮男孩，身形圓滾滾的，正睜大眼睛盯著他看。和其他帶來大山漿液的黑帕托利亞人一樣，這男孩的皮膚也是黃色的，氣色如蠟。金屬圓框眼鏡下，小小的眼睛似乎透露著擔憂，但也頗為堅決。

「別告訴他們我在這裡。」他終於開口請求。「否則，我會挨罰的。」

男孩的聲音聽起來溫和，人看起來也不懷惡意。

「好的，」奧斯卡承諾，「我什麼也不說。不過你講話小聲點，要不然，你會害我們兩個都受罰！」

「才不可能。」男孩平靜地回答：「我們躲在一堵牆墩後方，與牆面呈現銳角，約三十七度左右。而從停機庫的形狀和岩壁的反射性來看，沒有人能聽見我們說話，除非我們提高，嗯……以分貝為單位來算，兩倍音量。」

奧斯卡打量他。他簡直覺得有一位數學和物理教授給他上了一課。

「呃……既然你這麼說，我就相信你吧！反正，那些角度的問題，我也不會去驗證……」

他繼續觀察這個安靜的男孩。奧斯卡決定自我介紹。

「我叫奧斯卡，你呢？」

「勞倫斯。」

「羅蘭絲？但那是……」

奧斯卡忍住沒說出他的看法。很顯然地，他本來想指出那是個女生的名字，不是給男生用的。男孩似乎早已習慣這種反應，不等奧斯卡說完，就自己回答。

「是『ㄠ』，勞倫斯，是個男性名字，在英語系國家很常見。」勞倫斯講得頭頭是道，宛如在背誦百科全書的文章：「比方說，著名的英國軍官，阿拉伯的勞倫斯。」他話中不無驕傲，眼神中並閃過一絲欽羨。

奧斯卡點點頭，避免惹他不高興。

「好的，勞倫斯，我不會告訴他們你在這裡，但是……你在這裡做什麼？」

勞倫斯低下頭，然後用彷彿能看穿人的銳利目光探測奧斯卡，坦白回答：

「我不想留在這裡，不想跟哥哥和爸爸一樣，在大山的礦坑裡工作。我想出去，到處旅行。」

「可是……你想去哪裡？」

「我想躲在飛機裡，然後趁低空飛行時跳機。」勞倫斯自信滿滿地說。

「從飛機上跳下來？」奧斯卡大吃一驚，眼角一面注意盯著庫房：最後一批黑帕托利亞工人正要離開。

「千真萬確。」勞倫斯回答。「我計算了一下：已知飛機在掠過空腸大管道時，飛行速度被迫降低百分之八十，而如果這個時候的方向是逆風，飛機的阻力至少與重力相等，我就——」

「對，對，」奧斯卡被勞倫斯的計算弄得頭昏腦脹，連忙打斷他：「我完全同意，但是，現在我得走了！」

他轉過身去，冒險探出頭。如果現在不趕快跟上礦工，或許就再也遇不上這樣的大好機會！

「你……你是醫族？」

躲藏同伴這句話讓奧斯卡好奇地轉回身。

「是，你怎麼知道？」

「這裡，你的披風上有M字，還有鍊墜！所有和你們有關的事，我都知道！你好幸運！」勞倫斯忍不住讚嘆，「可以離開你的世界，進入體內旅行！」

「嘿！你真的懂很多耶！難道你吞下了一本大字典還是什麼的？」

「我讀很多東西。」勞倫斯坦承。「爸爸不喜歡我讀書，寧願帶我去礦坑。可是我一有機會就偷偷閱讀。這是我旅行的方式。」他的臉上閃過一抹黯淡憂傷。

奧斯卡乾脆整個人離開了藏身之處。停機庫已經空無一人，不再有危險：該上路了，否則就來不及了。

「一路順風！」他匆忙祝福勞倫斯，「我得走了，掰掰！」

沒等勞倫斯回應，他已經快步跑過大庫房，來到黃色工人們轉入消失的走廊。他走了進去，卻前進不了多遠：前方，路分岔成兩條，每一條支線又繼續分岔，以此類推。完全無從得知本來能指引他的工人們走了哪條路！

他垂頭喪氣地往回走。

「你想去哪裡？」勞倫斯問。

奧斯卡抬起頭。胖嘟嘟的黃膚男孩又出現在他面前，動也不動，兩顆彈珠般的圓眼珠盯著他看。問題是，奧斯卡還有很多事要忙，無暇與男孩閒聊。他剛剛愚蠢地錯失直達大山核心取得漿液的良機，正懊惱得要命。就某方面來說，這個勞倫斯也要負一部分責任。奧斯卡情緒化地撥開披風，抓起腰帶裡的空水晶瓶。

「我必須去那座山裡，裝滿這個東西。而如果你少說兩句，我就能辦到了！」醫族男孩氣呼呼地大喊。「所以，現在，別來煩我，我得好好思考下一步。」

勞倫斯在原地紋風不動，繼續盯著奧斯卡看。醫族男孩決定不去理會旁邊這個人，兀自拿出魔法書。這一次，除此之外，他實在找不到辦法來為自己在這座神秘大山中開闢一條路，偌大的庫房中，勞倫斯的聲音又響了起來。

「我可以帶你去。」黑帕托利亞男孩說。

奧斯卡驚愕地抬起頭。

「你？你知道怎麼去？」

勞倫斯聳聳肩。

「你好好思考一下吧！」他說，毫不惺惺作態。「如果我不認識路，怎麼能來到這裡呢？我先提醒你，我們一家人都住在那裡。我能替你帶路，幫你找到你需要的液體，裝滿你的水晶瓶。黑帕托利亞漿液，又稱為膽汁；由我的族人在大山中製造出來。」

奧斯卡的眼裡頓時燃起希望的光芒。果然，莫倫．茱伯特說得有道理：千萬別著急衝動，在詢問魔法書之前，應該先考慮所有可行的辦法。遇見瓦倫緹娜那個紅辮子小鼻子的女孩時，他也曾猶豫遲疑，事後證明，接受她的邀請是對的，畢竟多虧了她，他才能來到大山。

「好，」奧斯卡站起身，「我跟你走。」

「但是，在此之前，我想請求你一件事，當作交換條件。」

奧斯卡嘆了一口氣。看來這是註定的：自從他踏入庫密德斯會之後，就無法期盼誰替他做什麼事不求回報。記得有一天，媽媽曾告訴他一件事，後來他很快就忘了：「親愛的奧斯卡，在現實人生裡，自己沒有兩下子就什麼也得不到。這很悲哀：人們永遠等你付出某種回報。你很快就會學到這件事，但是，你應該試著跟別人不一樣。每一天，你都該努力付出，卻不求回報。到最後，最幸福快樂的人反而是你。當你不需要期望別人為你做任何事時，你知道，你真的會快樂得不得了。」她沉默下來，靠近他，把他摟進懷裡：「但是愛例外，小奧斯卡。你要付出愛，並等待愛的回報，因為我們需要愛。」賽莉亞又急著補充：「而當我說付出不求回報的時候，可沒把打架包括在內喔！這你同意吧！」他們一起哈哈大笑，然後奧斯卡就把這次談話給忘得一乾二淨。

賽莉亞，巴比倫莊園，老家……此時此地，在這神秘的小宇宙中，這一切顯得好遙遠；但想起他們，奧斯卡覺得好過些了。直到今天，他才領悟：到頭來，賽莉亞在各方面都是對的。的確，人們無論做什麼都求回報，即使看起來很和善的勞倫斯也一樣。的確，這真悲哀。他暗暗許願，盡量遵循母親的金玉良言：只管付出，不求回報，至少，每天要做到一次……這樣吧，剛開始，能每個星期做到一次就夠了。

在達成目標之前，他得先盡快做出決定才行。勞倫斯像尊雕像似地動也不動，固執地等著答案。

「你要我做什麼呢？」奧斯卡問，不敢大意。

勞倫斯的神色亮了起來，露出一個大大的笑容：

「希望你帶我去你的世界！我不想留在這座山裡！」

「什麼？！」奧斯卡脫口喊出。「這個我可辦不到！我甚至不確定該如何讓自己回到那個世界！聽著，沒關係，這件事就算了吧。」醫族男孩別無他法，說：「我會自己解決，不靠你幫忙。」

他轉身朝向廊道迷宮的入口，拿出魔法書，打開書頁，開始唸咒語：

魔法書，
若你有記憶，
回答莫……

奧斯卡沒把句子唸完，因為勞倫斯經過他面前，闊步走進陰暗幽深的隧道。

「喂！」奧斯卡大喊。「你要去哪裡？」

勞倫斯沒停下腳步，回答：

「我要回家。」他說。「你跟我走就對了。」

奧斯卡迅速闔上魔法書，塞進披風內袋，快跑跟上勞倫斯。

「你知道的，」他追上黃膚男孩，「如果我能帶你去，就會帶你去，但是我辦不到。」

「我懂。」勞倫斯的語氣有點嚴肅。「你還是可以跟我來。」

奧斯卡露出微笑。或許賽莉亞也錯了：看起來，還是有人願意幫助別人而不求任何回報。總之，也許大人並非如此，但某些和勞倫斯一樣的孩子還是辦得到的。奧斯卡跟著他的腳步前進。

進入隧道走了幾分鐘後，奧斯卡的視力習慣了漆黑，不再需要拿鍊墜照路。

「我們現在在哪裡？」他詢問默不出聲的領路人。

「這裡稱為膽管隘口。」

「什麼隘口？」

「膽管隘口。這個名稱源自你們人類在古代醫學上所使用的一個字，而這個字本身則是由希臘文中的膽汁和管道組成，而……」

奧斯卡抬眼瞪著隧道頂，任勞倫斯滔滔不絕地講解。他感覺得出來，他的同伴並不是想炫耀什麼。勞倫斯只不過喜歡解釋得通的事情。奧斯卡跟他其實有點相像：他也喜歡理性的事物，有個原因，可以追根究底。也因此，他總不甘對命令和規定低頭：在服從之前，他需要先明瞭為什麼要那麼做。

經過這麼一想，他不再覺得勞倫斯的科學評論和精確計算嘮叨煩人。沒錯，他是有點嫉妒勞倫斯知識如此豐富，但那傢伙在這山裡應該悶壞了，所以有很多時間閱讀，懂這麼多也不足為奇……

勞倫斯停止發表演說，放慢了行進速度。

「我們正接近囊道。」他指著左前方一條隧道。

「這條管道那一端是什麼？」

「大水壩，旁邊有……」

奧斯卡用手摀住他的嘴，不讓他繼續說下去。他俯身對著嚮導的耳朵悄聲說：「我聽見一個奇怪的聲音。你沒聽見嗎？」

勞倫斯搖搖頭，表示沒有。

「從那裡傳來的。」奧斯卡伸出手指，點點他們後方。

他們靜默了一會兒，卻只聽見遠方礦坑零星的工作聲響，以及，更模糊的，山腳下的河水流動。

奧斯卡鬆了口氣。

「沒事，我大概是恍神了。你剛剛跟我說什麼？大水壩旁邊有什麼？」

「膽囊大湖。」

「膽囊大湖？」奧斯卡覺得很新奇。「這又是什麼？」

「一座在山裡開鑿出的人工湖。黑帕托利亞族把黑帕托利亞漿液儲存在這裡。這種漿液用在彭思吃得太油膩，需要較多水分來消化的時候；也因此，這座湖有另一個稱呼：油滋滋湖。」

「大山漿液？」奧斯卡驚叫起來：「就是我在找的，要用來裝滿我的水晶瓶！如果這裡就有一整座湖的漿液，為什麼還要到深山核心去呢？！」

勞倫斯還來不及回應，奧斯卡就急忙衝進囊道。

眼前一座懸空的吊橋，他剛好煞下停住。奧斯卡小心翼翼地探頭：吊橋下是深不見底的絕壁。勞倫斯追趕上來，跑得氣喘吁吁。

「等等，奧斯卡，你不能去那裡！太危險了！」

奧斯卡望著吊橋的那一端。這座橋通往一個半月形的巨大水壩，遼闊的棕色拱頂之下，大湖平滑如鏡，較深之處，水面呈現橘色、綠色和黃色。

「我必須過去。」奧斯卡堅持。「漿液就在那裡，距離我和水晶瓶只有幾步路！」

貼身的水晶瓶散發前所未見的光芒，他感到一陣溫和的熱力透過腰帶傳開。

「沒有用的。」勞倫斯卻以無比冷靜的語氣說。「首先，你不能從水壩下到湖面上，裝滿水晶瓶。再者，我強烈建議你不要貿然踏上這座吊橋，在囊道上空冒險。」

奧斯卡聳聳肩。他覺得現在站在他面前的人簡直變成了企鵝老師，只差勞倫斯跟他一樣，還是個孩子；所以，相較於大人下的命令，奧斯卡更沒有服從的意願。

「你又為什麼強烈建議我不要上去？」儘管奧斯卡已經準備衝上去，還是追問了一下。

「黑帕托利亞族自己都避免上橋。在水壩開啟時，囊道將大量排放漿液。這可能發生——」

山壁和地面一陣搖動，打斷勞倫斯的話。奧斯卡東張西望，擔心不已。第二波震動來襲，比上一次還要強烈。勞倫斯雖保持冷靜，把話說完，語氣卻沒有一開始來得平穩。

「可能發生在……任何時候。」

兩個男孩拔腿就跑，盡快退出囊道，回到膽管隘口，而整座大山似乎天搖地動。

「快點！」勞倫斯扯著奧斯卡的披風大喊，「從這裡走！我們必須重新從隘口左側深入大山，一直到安全閘。並不是很遠！」

「你瘋啦？！相反的，我們應該盡快離開這座山，要不然會在隧道裡被活埋！」

「不，」勞倫斯反駁，「如果水壩門開了，漿液會從另一側流入地洞，然後從山谷裡噴出，一直流到大管道，和食物泥上。如果我們也走這個路線，一定會被捲入潮流裡！相信我！跟我來！」

他們如龍捲風似地朝大山核心狂奔，忽然一陣淒厲的尖叫讓奧斯卡停下了腳步。過了一會兒，第二聲尖叫又響起，逼得他不得不回頭。

「你在幹什麼？」勞倫斯對他大吼。他顯然比先前不安，因為，震動愈來愈頻繁劇烈，顯示水壩門即將開啟。

奧斯卡顧不得回答，轉身折返，一直跑到囊道入口。

吊橋上有個人，他立刻認出紅髮辮女孩。橋面如隨風飄蕩的樹葉，抖震得非常厲害，女孩蹲在橋上，嚇得不敢動彈。在她後方，水壩門正慢慢開啟。奧斯卡眼見漿液已從看似在中央的裂口流出。湖水開始起變化，湖面混濁，似乎等不及被釋放。

「天啊……妳跑來這裡做什麼？」奧斯卡大吼。

「我……我……我跟蹤了你……我只是想看看到底怎麼回事……還想幫你……」女孩驚慌失措，抽抽噎噎。

他急忙衝上吊橋。一陣前所未有的晃動害他失去平衡，好險及時抓住欄杆，才沒有掉下去。瓦倫緹娜幾乎整個人趴在橋面上。奧斯卡對她伸出手，但她卻搆不到。男孩再往前一步，吊橋顛震不已；兩個孩子之間，橋面上的木板脫落，墜入深淵。瓦倫緹娜叫喊得更厲害了。這座吊橋撐不了多久了，奧斯卡就是沒辦法搆到女孩。他左看右看，環顧四周。

吊橋口下方，勞倫斯已追趕上來，也正絞盡腦汁，想辦法解救這名陌生女孩。

還是奧斯卡先反應過來。他從披風內袋取出魔法書，毫不猶豫地翻開，左手放在頁面，大聲唸咒語：

若你有記憶

回答莫遲疑
別讓我相信
無望的東西

魔法書的頁面發亮，等待奧斯卡發問。

「我不能把這個女孩丟下來！」奧斯卡大喊，「告訴我該怎麼做！」

頁面變成一團混沌，然後出現一個影像，愈來愈清晰：一座印度宮殿裡，有一個纏著頭巾的男人，脖子上戴著M字鍊墜，坐在一張飛毯上，浮在地面上方約一公尺。

奧斯卡望著那幅畫面，瞠目結舌。

「但是……這根本沒回答我的問題！」男孩破口大罵。

一陣悶聲巨響，壁面和大湖上方的拱頂劇烈搖動：壩門已全部開啟，膽囊大湖開始洩洪。湖水轟隆隆地奔過橋下，注入溝壑，渠道水位暴漲，十分危急。

奧斯卡氣沖沖地搖晃魔法書。他正想興師問罪，畫面卻剛好轉到一個角度，讓奧斯卡從上方看見那印度術士的魔毯：原來那是他的醫族披風！他終於明白魔法書想告訴他什麼。

刻不容緩，他立即解下肩上的披風，鋪在吊橋上，彌補瓦倫緹娜和他之間殘缺的橋面。他站直身體，一腳踏上綠天鵝絨毯。但願能成功！奧斯卡心中祈禱，但願能成功！他用全身的重量壓在披風上：天鵝絨布變得如金屬一般堅硬，絲毫不變形。他踏上另一腳，然後朝瓦倫緹娜走一步，扶她站起來。女孩緊緊抓住她的胳臂，驚恐地望著下方深處，彷彿被吸入漿液漩渦之中。水位以駭人的速度上漲。

奧斯卡把她安全拉到囊道上，然後回頭跑上吊橋，打算拿回披風。就在他觸碰披風那一瞬間，布料變回柔軟的材質，從橋面縫隙滑落，墜入深淵，伴隨著奧斯卡的吶喊：

「不！！！我的披風！！！爸爸留給我的披風！」

在此同時，他腦中浮現魏特斯夫人在萊斯體內的情景：當時她也曾把披風扔入巨槽之內……然後又收了回來！

當時的狀況歷歷在目，在他腦海裡快速播放。事不宜遲，他取出鍊墜，朝墜落中的披風揮舞。M字發出一道光，直射繡在綠色天鵝絨上的另一個M字。披風在距離滾滾浪潮上方幾公分處靜止；醫族少年終於放心，盯著它緩緩上升，直到他能一把抓住。他將披風緊緊抱在懷裡，向後退。

「動作快！」勞倫斯低吼，「水位一直上升。再過幾秒，漿液就要淹上吊橋，把囊道、膽管隘口和山洞整個淹沒。我們得盡速離開！」

三個孩子拔腿狂奔。但勞倫斯的體型比其他兩人肥胖，動作也不夠敏捷，一不小心絆了一跤，跌倒在地。奧斯卡和瓦倫緹娜連忙跑回來，扶起同伴。

「喂，我說啊，」小女孩發起牢騷，「糖果和零食，該節制一下了，嗯？！」

勞倫斯沒時間跟她拌嘴，一陣恐怖巨響迴盪在整座山洞裡。黑帕托利亞漿液剛淹沒了吊橋，如一座間歇熱噴泉，一股又一股地從囊道噴發。漿液從洞頂壁面到處反彈，洪水朝他們滾滾奔來。三個孩子只來得及互相緊抱在一塊兒，放聲尖叫。

撞擊的力道猛烈嚇人。一個巨浪打來，將他們高高托起；奧斯卡眼前一片迷茫，什麼也看不見。他的身體隨波逐流，朝出口漂盪，毫無抵抗能力。兩名同伴與他遭受同樣的命運，在瀑流沖出大山時，被潮水帶著跟他對撞。

漿液洪流漫入停放飛機的山洞。一架架飛機都被仔細保護在金屬箱內，牢牢釘在地面。孩子們尖叫著越過停機庫，隨著一股漿液從洞口噴出，彈到空中，彷彿被大山呸吐出來。

他們在山谷上方團團轉，隨著潮水沖下的弧度落在大管道中央，掉入油膩黏稠的食物泥糊——好險，落地的衝撞力因而減緩許多。他們宛如三顆小石頭般地深陷泥糊中，昏頭昏腦，糊裡糊塗。

奧斯卡在難聞的泥糊中奮力掙扎，從頭到腳連頭髮都沾滿腥臭，好不容易探出頭，環顧四周。

勞倫斯和瓦倫緹娜已不見蹤影！

他正想開口呼喊，一個泡泡卻在他旁邊炸開，一團噁心的混合物塞滿他的嘴，他竟辨認出肉和花椰菜的油膩味；連忙盡可能全部嘔出，並企圖攀住大滑梯的邊緣。但他一籌莫展：所有的一切都滑不溜丟，而彭思吃進的餐點愈流愈快。他想盡辦法攤開披風一角鋪在泥面上，爬了上去，大口呼吸，喘息了好一陣子。

他感到既憤怒又驚懼。氣惱自己失敗了，而且被捲進一團消化了的噁心食物泥，還被漿液沖往一個陌生地點；一想到此，他就渾身發抖。這條空腸大管道究竟會通到什麼地方？

他想起魏特斯夫人的課程和自己的讀書心得：分解食物是為了從中汲取能量，供應體內每一個小宇宙，而剩下的，沒用的部分就……

奧斯卡的血液彷彿瞬間凝結：他最後會……

「噢，不！」他脫口喊出，絕望得想死：「不要，不要掉進彭思的屎裡！！」

他瘋狂掙扎，試圖往上游挪動，終究不敵。最後，他平躺下來，打橫躺在載浮載沉的披風布襬上，而就在這個時候，他看見了。

在被狂速沖往下黑帕托利亞尾端的時候，象徵符號在大山最頂端出現了：一股漿液在岩石山坡上畫出一個高腳盃，盃腳周圍纏繞著一條蛇，上方突出一個M字：是醫族蛇杖！

他能回去了，終於！

他站起身，正準備集中注意力，突然驚覺一個恐怖的事實：遠方，漿液繼續沿著山壁流下，而蛇杖的圖案即將消失！他一分一秒也不能浪費。他用左手抓緊披風，右手拿出鍊墜，對準黑帕托利亞山上瞬間即逝的象徵符號。一道強光閃電劃破幽暗的天頂，在一陣有如鬼哭神號的巨響中，奧斯卡被從那個世界拉扯出來。

神秘嘉賓

奧斯卡抬起頭，一時之間以為自己在作夢，而且還是個超級惡夢。身體的疼痛讓他記起自己曾在膽管隘口受到劇烈搖晃，終究還是睜開了眼睛。大吃一驚：他的鼻子貼在一雙亮漆黑皮鞋上。

他將目光稍微往上調整，瞄到如手風琴般皺垮的長褲和兩條蒼白的小腿，腿上稀疏幾根灰毛。他又低下頭，望見了腳踝，再確定不過了：這是一個男人，而他實在不想承認那人是誰。男人的聲音——應該說是尖叫——，跟他自己的叫聲混在一起；究竟是誰，哪種狀況，更加無庸置疑。

「您在這裡做什麼？」彭思把身體縮成一團，憤怒地咆哮。

奧斯卡像見到鬼了似的連忙爬起身，緊緊靠在門邊。他不斷搖頭，不敢相信這是真的：他竟然在廁所裡，而在他眼前的是，羞愧又憤怒，滿臉通紅，坐在馬桶上的老管家！

「出去！」彭思怒吼。「立刻滾出去！」

奧斯卡轉過身，握住門把弄了半天，就是沒辦法往下壓。

「先開鎖！」彭思聲嘶力竭地大吼，臉紅脖子粗。

奧斯卡以最快的速度解開鎖，非常想一頭鑽到地毯下躲起來，又忍不住想放聲大笑。他真是在千鈞一髮之際逃過一劫：要是那時沒看到山坡上的象徵符號，他就會出現在馬桶裡，混在一堆他不願去想像的東西之中……

他匆匆跑過走廊，鑽進房間，解開披風，拆下腰帶，鬆了一口氣。清洗完畢，換上乾淨的衣服之後，奧斯卡拿出腰帶上的空水晶瓶，愣愣凝視，沮喪到了極點。現在，房裡只有他，獨自一人，面對自己，面對自己的失敗。他深深陷入失望與慚愧的情緒，難以自拔。那時距離成功就只有那麼一點點，而僅僅一頓油膩的餐點，就讓水壩開啟，釋出大量漿液，害他被洪流沖走。

在哪一個時刻沒做出正確反應？在哪個地方出了錯？他實在說不上來。他掛念起另外兩個孩子。他們會遇到什麼事呢？勞倫斯有沒有平安回到大山裡，和家人團聚？瓦倫緹娜有沒有找到她的環球紅牛DR5？他們該不會淹死在空腸大管裡了吧？

幾陣敲門聲打斷了他低落的灰色思緒。門被打開了。

「他們在藏書室等您。」彭思的語氣冷若冰霜。

想起管家坐在馬桶上的畫面，奧斯卡的心情稍微明亮起來，盡可能忍住不笑。他真想問彭思今天早上吃下的可頌麵包消化了沒，但他覺得還是閉嘴比較好。

「我不知道是怎麼一回事，」管家又開口說，「但是我的胃灼痛得難受，還泛出一陣陣恐怖的酸臭味。」

「我也不知道，一點也不知道。」奧斯卡回答，裝出小天使般無辜的模樣，心裡高興得不得了。

他走下樓梯，敲敲藏書室的門。一個沙啞低沉的聲音回應：

「請進。」

他推開門，立即釘在原地不動。在他面前，共有六人圍著會議桌，都在等他。

不用說，他認出魏特斯夫人；她一看見奧斯卡便對他微笑。還有莫倫．茱伯特；她對他比了個友善的小手勢。主持會議的大長老則以銳利的目光注視著他。

另外有兩張面孔他從來沒見過：在魏特斯夫人和莫倫之間，一名身材修長的年輕男子，穿著白襯衫和西裝，坐在椅子上動來動去。在這個人對面，布拉佛先生右手邊，則是一位濃妝豔抹的女士，一頭偏橘的紅髮，如火焰般鮮豔；她正專心檢視塗了指甲油的雙手。

最後，第六個人，一個削瘦的男人，膚色蒼白，灰髮平頭；打從奧斯卡一走進藏書室，就目不轉睛地盯著他：這個人坐在馬基維利椅上，當然就是弗雷徹．沃姆。奧斯卡覺得這道目光重重壓在他身上，而那雙如刀鋒般的小眼睛讓他渾身不自在。

布拉佛先生首先開口。

「奧斯卡，到這張椅子來，在茱伯特小姐身邊坐下。」

奧斯卡默默照做，整個長老會都在場，他緊張得幾乎抽筋。經過圖書架的時候，他感到一陣輕顫，轉頭望去：茱莉亞．賈柏的檔案夾在書架上發抖。

溫斯頓．布拉佛繼續發言：

「我想把你還不認識的三名長老介紹給你，他們都是醫族至尊長老會的一員。首先，這一位是安娜瑪莉亞．崙皮尼。」

頂著不可思議的紅棕色馬鬃頭的那位女士給了他一個迷人的微笑。

「安娜瑪莉亞．崙皮尼女爵。」她特別強調。「很高興認識你，親愛的小奧斯卡。」

她轉頭對大長老說：

「話說，溫斯頓，您怎麼沒告訴我他長得比他爸爸還帥？！還好我化了妝。」

奧斯卡盡可能低調地偷偷打量這位女士。化了妝，這個說法差太遠了：她簡直像一個調色盤！他忽然明瞭為何她的座椅西西會綴滿著五顏六色的蝴蝶結，而且散發那麼濃烈的香味。

「這一位則是阿力斯特．麥庫雷。」大長老繼續介紹，轉向那名動個不停的年輕人。

「日安，奧斯卡。你身為醫族新生代，我希望能靠你來推動新事物，震撼老舊積習，發動革命——」

「好啦，好啦，他會全部包下。」溫斯頓．布拉佛打斷他，「您可以坐下來了，阿力斯特。要推翻世界的秩序，奧斯卡的年紀還太小了點，不過，他會放在心上的，我保證。」

阿力斯特轉頭望向奧斯卡。男孩一開始就對他頗有好感，便對他眨眨眼。

「革命者永遠不嫌年紀小。」年輕長老說，眼睛炯炯發亮。「永遠不。過一會兒我們兩個私下再聊。」

男孩不願得罪阿力斯特，禮貌性地點點頭，然後轉向不等人家介紹就逕自發言的那一位。

「我們還沒被正式引見過，但是老天另做了安排。」男人冷冷地說。

奧斯卡全身僵硬。溫斯頓．布拉佛雖對男孩說話，眼睛卻始終盯著第五位長老。於是奧斯卡安心下來：大長老的目光彷彿一座護城牆，把沃姆跟他分隔開來。

「奧斯卡，這位是弗雷徹．沃姆，長老會最資深的成員之一，也是一位傑出的醫族，懂得如何支持你走過所有歷練，我十分確定。」溫斯頓．布拉佛補上一句。

奧斯卡不懂大長老這話是什麼意思。儘管有種緊張氣氛正莫名升高，面對弗雷徹．沃姆，他仍昂然挺胸。

沃姆的聲音再度響起，緩慢又刺耳。

「現在我們知道你是誰了，大長老也終於拿定主意，集合我們來開會，直接告知我們他對你的決定：啟發你的醫族能力。完全沒有事先問過我們的意見哪！唉！不過……我們尊重這個決定就是了。」

溫斯頓．布拉佛沒去理會話中的刺，於是沃姆繼續說：

「既然事態已經釐清，我們大家都很好奇，想聽你說說初次進入人體黑帕托利亞這趟旅行。」

不等奧斯卡開口，魏特斯夫人先搶著發言。

「我必須說，這次體內入侵進行得非常順利，奧斯卡完美地掌握了入侵技巧，對一個年紀這麼小的醫族來說，這是非常罕見的。」

「退出的技巧就沒那麼完美了，假如我們都充分了解彭思的報告的話。」沃姆刻意強調。他薄長的嘴唇抿著，似乎藏著一股笑意。

這時輪到莫倫為奧斯卡辯護。

「我們這位醫族少年的勇氣十足，我非常驚豔。從他抵達席亞淋開始，這場冒險就充滿阻礙與困難。好樣的，奧斯卡！」

奧斯卡難過地微笑一下。他等著最後的批評，沒多久就從沃姆的嘴裡說出。

「重頭戲現在才要上演，年輕人。我們很想看看你的戰利品。我相信，既然這兩位女士對你稱讚有加，你一定已經達成最主要的任務：裝滿你的黑帕托利亞瓶。」

奧斯卡的臉一路紅到耳根子。他不敢接觸在座所有相信他的人們的眼神，勉強悲慘地小聲擠出一句回答。

「我們沒聽到你說什麼。」第五位長老殘酷地追究；他已經猜到奧斯卡的答案。

奧斯卡深呼吸，稍微提高音量：

「我曾經距離漿液好近……」

六雙眼睛全部緊緊盯著他。他覺得彷彿被人壓住腦袋和肩膀一般沉重痛苦。

「……可是我沒能裝滿我的水晶瓶。」他說，沮喪到了極點。「水壩門開了，我被沖走了。」

整個長老會籠罩在一陣尷尬的沉默之下。魏特斯夫人試圖緩和氣氛，卻也掩不住失望。

「這一點也一樣，沒有人第一次入侵就裝滿水晶瓶的，奧斯卡。這很正常，別太在意。莫倫和我，我們應該在這個孩子身上再多下點功夫，不是嗎？莫倫？我很有信心。」

「我完全同意，貝妮絲。」沃姆忽然插話，魏特斯夫人和奧斯卡本人都大感意外。「第一次失敗本來就是『正常』的（他特別在那兩個字上加重語氣）……對一個平凡的醫族而言，對一個據稱才華洋溢，前途遠大的醫族而言卻不一樣。不過，對一個平凡的小醫族來說，沒錯，是很正常。」

「平凡？」安娜瑪莉亞．崙皮尼反問。到目前為止，她似乎都沒把心放在會議上。「您一定搞錯了，弗雷徹。維塔力．藥丸的兒子不可能平凡。」

「這就證明了一名醫族的特質不一定能父傳子。」沃姆緊咬不放，絲毫不留情面。「請注意，就某種意義而言，特別以藥丸家族的狀況來說，這樣也比較好……」

他轉身面對溫斯頓．布拉佛，繼續說：

「我在這次會議一開始就跟您說過：訓練藥丸的兒子不僅是個糟糕的主意，更是一個令人遺憾的錯誤。當初大家應該先辯論一番才對。」

聽了這些話，奧斯卡臉色蒼白。沃姆的影射太惡毒了，魏特斯夫人跳了起來，氣沖沖地，正準備出言反擊，溫斯頓．布拉佛卻決定結束這場爭論。

「總之已經決定好了。」大長老宣布，「不需要重新討論這件事。」

沃姆沒有反駁。魏特斯夫人坐回椅子上，鬆了一口氣。大長老對奧斯卡說：

「奧斯卡．藥丸，我們都見識到你優秀的特質。」他說，並對沃姆投以嚴厲的譴責目光。「正如魏特斯夫人和莫倫．茱伯特所言，下次出發去完成任務之前，想必你需要再多一點訓練。不過，我對你有信心，跟在場所有人一樣。」

沃姆放棄評論，把玩著披風褶襬。其他長老則對奧斯卡展露燦爛的笑容。

「你有什麼話要對我們說嗎？」大長老問。

奧斯卡張口想說，卻發不出聲音。他的喉頭發緊；沃姆對他的侮辱，尤其是對他家族的暗諷，讓他羞憤難言。他無法表達，甚至沒有對長老們打聲招呼，以最快的速度奔向門口，開門跑出去。

躲在木頭門板後方的彭思站起身，露出一抹滿意的微笑。

奧斯卡越過大廳，一直跑到庫密德斯會的大門口。他壓下門把，大門卻不肯反應。他用顫抖的手取出鍊墜，貼在門上，打開了它。奧斯卡衝到碎石路上，一口氣跑到雕花鐵門；透過原字母的感應，鐵門亦為他開啟。

魏特斯夫人急忙站起身，卻被溫斯頓．布拉佛阻止。

「不，貝妮絲。他會自己回來，也許不會回來。這不是我們能決定的。」

她與莫倫和阿力斯特交換了個擔憂的眼神，這兩名長老試圖用微笑安慰她。沃姆已經稱心如意，自認沒有必要再多說什麼。

「怎麼啦？」崙皮尼女爵嚷起來，「怎麼回事？那個迷人的男孩就這麼離開我們啦？太可惜了……」

魏特斯夫人走到窗邊，雙手緊張地抓著絲巾。她掀開窗簾一角，剛好看見奧斯卡消失在藍園大道。隨後不久，天空中烏雲密佈，預示一場暴風雨即將到來。

在奧斯卡最後一次抬眼望巴比倫莊園的磚紅色鐘樓的時候，第一顆雨滴落下。

他跑了多久？連他自己都不清楚了。而現在，他都已經快到了，才感到奇怪：他怎麼能毫無困難地越過整座城市。

那時他匆匆離開庫密德斯會，憑直覺拿鐘樓當指標：這座俯瞰全城的鐘樓剛好建在他家社區的小山丘上。然後，他就一直跑，不斷地跑，淚流滿面也不管；橫越馬路，害好幾輛車緊急煞停，輪胎磨出刺耳尖銳的聲響和四面八方的喇叭嘈雜合奏，他也不管。

他終於抵達巴比倫莊園，這才發現自己費了多少力氣。他上氣不接下氣，雙腿顫抖，卻還是繼續上路，改走幾乎只有他一個人知道的捷徑。他不想見任何人，尤其不想遇見朋友，包括提供場地讓他安心閱讀的丁先生，和社區裡那些超寵愛他的婆婆媽媽。當他終於能望見奇達爾街前排幾棟屋子，以及稍遠他老家的屋頂，在醫族長老會上遭受的所有羞辱、悲傷和憤怒又重新湧上心頭。

他提振最後所有力氣，走完長街，推開柵欄，開啟屋子的大門，在玄關中央立定不動，站了一會兒。他氣喘吁吁，四周皆是他從小到大的生活照，呈現他真正算數的人生。廚房裡，賽莉亞和薇歐蕾坐在桌邊，一個說話，另一個心不在焉地聽，想必已不知神遊到哪裡去了。薇歐蕾抬起頭，從椅子上躍起。

「奧斯卡！」她興奮地大叫。

賽莉亞的手一鬆，鍋子掉到洗碗槽裡；急忙跟在女兒後面出去。

樓梯上的奧斯卡三步併作兩步地跨上樓，衝進自己的房間。等賽莉亞和薇歐蕾也爬上樓時，房門已經關上。薇歐蕾焦急地朝房間望了一眼，又看看媽媽。賽莉亞撫摸她的臉頰，安慰她。

「沒事的，寶貝，別擔心。下樓去把點心吃完，弟弟馬上會來找妳，好嗎？」

薇歐蕾哼起腦子裡浮現的第一首歌，照著媽媽的話去做。

賽莉亞前去敲門。許久沒有回應。於是她輕輕進了房間，把門關上。

奧斯卡躺在床上，眼睛盯著天花板。淚珠從眼角滑落，滴濕了枕頭。他的懷裡緊緊抱著第一次體驗入侵術時帶過去的相本。賽莉亞朝他走去，溫柔地把手放在他的手上。

「日安，我的奧斯卡。這幾天我很想念你。能早點回來真是太好了。」

奧斯卡把頭轉過來，坐起身，攬住她的脖子。他緊緊抱住媽媽，媽媽也用力抱緊他。兩人如此相擁了好長一段時間，直到奧斯卡決定迎對媽媽的目光。他立即明白，媽媽不會評論他，這讓他好過多了。

「發生了什麼事？寶貝？是什麼美妙的狀況，讓我能在今天就見到你？」她微笑地說。

奧斯卡的心情非常低落，但聽媽媽這麼說，還是忍不住笑了一下。

「這樣好多了！」賽莉亞說。「不過，可能的話，我還是想多了解一點。不行的話也沒關係。」

奧斯卡重重嘆了口氣。

「媽，我真沒用。」

「一開始聽起來就不大對勁。」賽莉亞回答。「我完全不同意你對我兒子的評論。不給我無懈可擊的理由，我可是不會接受這種說法的。」

奧斯卡笑得更開朗些了。他用手背拭去眼淚。

「我應該要帶回黑帕托利亞的戰利品，但水壩門開了，長老們說我失敗了，尤其是弗雷徹·沃姆那個傢伙——」

「等等，等等，年輕人，你在說什麼，我一點也不懂！」

賽莉亞推推兒子，在他身旁躺下，手臂交叉在胸前。

「好了，」她說，「我準備好了。從頭開始慢慢說吧！」

聽奧斯卡講完整件事的來龍去脈，賽莉亞沉思了幾秒，才開口回應。

「好，」她說，「我懂了。我現在把同樣一件事再講給你聽，但是用我的方式和我的觀點，好嗎？」

奧斯卡點點頭，不解母親這麼做有何用意。

「那麼，簡要地說，」賽莉亞開始講述，「你在幾天之內成功進入一隻金絲雀、一隻狗和一個人類的身體。而在那個人的體內，你橫渡了整個小宇宙，勇敢經歷了一大堆危險，救了一個小女孩。而如果你沒能成功裝滿那只什麼水晶瓶，都是因為那個該死的管家。他還是個貪吃鬼，偷吃了可頌麵包，喜歡很油膩的餐點，引發某一座水壩的閘門開啟。總而言之，那不是你的錯，同意吧？」

奧斯卡不得不承認媽媽說得對，但是，他就是不想說出來，於是只聳聳肩。賽莉亞溫柔地搖搖他。

「好孩子，除了勇敢之外，你還有一個特別的長處，就是不賭氣。所以，笑一笑，接受我的說法吧！其實，除了那個弗雷徹．沃姆，其他長老都對你讚賞有加，也很有信心，對吧？」

「對。」奧斯卡承認了。「但我還是失敗了。」他說。

「既然你想把它說成失敗，那麼，這一次失敗就足以讓你放棄一切嗎？」

奧斯卡沒說話。

「最後一件事，親愛的奧斯卡。在乎其他人的意見，很好，但有一個人的意見卻被忽略了：那就是你自己的意見。什麼事才是你想要做的？你想因為沒有第一次就順利成功，並且因為有一個人說話刺傷了你，就放棄嗎？還是，相反地，因此更堅持，為了嚐到成功的滋味再多試幾次，向別人證明，特別是向你自己證明，你不會被失敗打倒，你做得到？」

「我不知道。」奧斯卡聲細如蚊。「以前，我知道該怎麼做，但現在我真的不知道。」

賽莉亞坐起身，雙手捧起兒子的臉，直視他的眼睛。

「我對你說過，奧斯卡：你隨時可以選擇停止訓練回家來，甚至決定馬上結束，不會有人怪你的，我更不會。可是有件事比什麼都重要：人的一生，應該要盡力避免後悔。沒有什麼比悔恨更糟的了，親愛的奧斯卡。寧願先去嘗試，然後領悟自己做了錯誤的選擇，也不要什麼都不做，事後再懊悔。有時候，做了之後，得到的結果很正面，有時候卻不然；這一點也不重要。失敗令人記取教訓，然而，如果你放棄了，就永遠不知道自己欠缺什麼，一輩子都會失敗。後悔，就是這麼一回事。」

她站起來。

「你好好考慮一下，寶貝。現在呢，我要去做飯了。吃飯之前，」賽莉亞又說，「幾分鐘前，有個小女孩看到了你，非常高興，但現在卻悶悶不樂。我想，就連她也擔心起來了。你要不要去跟她說說話？」

奧斯卡跳下床，跟媽媽走出房門。賽莉亞走下樓梯，探頭往廚房裡望。

「薇歐蕾？」

奧斯卡從樓上對她比了個手勢：他聽見姊姊房裡有聲音。賽莉亞鑽進廚房裡；男孩則朝姊姊的房間走去，推開半掩的門。

「薇歐蕾？」

薇歐蕾坐在椅子上，用布條蒙住眼睛。奧斯卡朝她走去，好奇地觀察。

姊姊稍微動了一下，沒回答。

「薇歐蕾，妳在做什麼？」奧斯卡問。

「我想看我的腦子。當我能看見腦子以外的東西時，就看不見腦子裡的樣子。所以我用布條把眼睛蒙住。」

奧斯卡在椅子旁席地而坐。

「那……在妳的腦子裡，妳看見了什麼？」

「我想的東西。」

「好的東西嗎？」

「不一定。不過，有時候，比我在外面看見的好。」

奧斯卡想起剛剛她看見他回來時，興奮地尖叫；但他卻沒停下腳步，反而衝進自己的房間。他很慚愧自己竟做出這樣的反應。

就在這個時候，一滴水落在他手上，但他可是一直坐在地板上沒動啊？他驚訝地抬起頭來：

姊姊是個怪胎沒錯，但她的房間總不至於會下雨吧？！他注視薇歐蕾的臉，終於明白：一顆豆大的淚珠從布條後方滲出，沿著姊姊的臉頰滑落，滴在他的手上。

奧斯卡的心抽痛了一下，不知道該說什麼才好。

「我……很高興我們今天能見到面，」他笨拙地說，「好久沒見了。」

「兩天。」薇歐蕾小聲說。

奧斯卡知道自己害她難過了，千萬不能重蹈覆轍。

「有時候，兩天也很多。」他回應。

薇歐蕾猶豫了一會兒，取下蒙眼布條，給他一個燦爛的笑容，露出一口鋼環牙套，並在書桌上翻來找去。她從一堆紙張中抽出一張空白的紙，中間裁掉了一個方塊。

「這是給你的。」她說，把那張紙遞給弟弟。

「謝謝。」奧斯卡回應，不太曉得這張紙有什麼用。

「好，那就快點，去試試看！」薇歐蕾鼓勵他。

奧斯卡看著她，十分尷尬。

「呃……妳示範一次好不好？」

她從他手中拿回紙張，站起身，走到窗邊。薇歐蕾把紙貼在玻璃窗格上，轉頭看奧斯卡。

「就這樣。」她說，「你可以過來了。」

奧斯卡走過去，很是好奇。

「這是我的新發明。」薇歐蕾得意洋洋地宣布。「專心欣賞一樣東西的方格。」

「這有什麼用？」

「就……一次只看一樣東西。」

「這我知道，但是只看一樣東西有什麼用呢？」

薇歐蕾皺起眉頭，變得一臉嚴肅。

「我覺得，在我們周遭，不管什麼時候，要看的東西總是太多；根本沒辦法選擇，結果因此錯過更多。」女孩宣稱。「所以，我發明了這個方格——」

「是，是，這個，沒錯。」奧斯卡打斷她。

「……為了讓你在看窗外的時候，可以一次只看一樣東西。這麼一來，你就可以專心欣賞，好好利用。來試試，不騙你！」

奧斯卡把臉湊上方格，透過窗玻璃往外看。他看見半個羽翼太太——就她豐滿的體型和滿頭的髮捲來說，這已經夠多了——，還有小狗佩姬的尾巴。

「妳說得對。」他對姊姊說。「有時候，一樣東西，就足夠了。」

她取下那張紙，遞給弟弟。

「你會留在家裡嗎？」她問。

奧斯卡猶豫不決。

「我不知道。」他終究只能這麼說。

兩個孩子一起去廚房找媽媽。

「今天晚上，」賽莉亞宣布，「要好好慶祝一下：漢堡肉和薯條！」

奧斯卡憋住笑，和姊姊偷偷交換了個眼神。無論如何，他還是很高興。反正，總比雪莉那些實驗菜色好多了……

奧斯卡走到媽媽身邊。

「媽。」

「嗯？」

「我已經決定了。」

「所以……？」

「我要回去。」他稍微提高音量，給自己打氣。「這樣，我才不會後悔沒嘗試過。」

賽莉亞俯下身來擁抱他。

「這是你的決定，奧斯卡。我們得尊重它，對不對，薇歐蕾？」

女孩輪流用單腳跳著舞，不知該怎麼回應。奧斯卡替她解圍。

「多虧了薇歐蕾，我才了解，我應該一次只看一樣事情。所以，我就先專心處理這個決定，接下來的，以後再看囉！」

薇歐蕾遲疑了一下，然後對弟弟和媽媽露出微笑。

「好，」賽莉亞做出結論，「沒什麼好急的。庫密德斯會的事就留到明天再說吧！今天晚上，我們一家，在七點鐘好好吃頓晚餐，然後在院子裡打場羽毛球。你們覺得怎麼樣？」

奧斯卡已經邁步跑起來，打算去找球拍；突然，腦中又響起媽媽說的話。

晚餐。

七點鐘。

他立即折返，旋風似地奔進廚房。

「媽！快！我得走了！」

賽莉亞轉過身，滿臉詫異。

「嘿！這又是個新決定！你有這麼急著離開嗎？」

「不！我必須在七點鐘之前趕到！」奧斯卡大喊，眼睛盯著牆上的掛鐘。「這是布拉佛先生給我訂下的規矩：如果我沒在七點鐘準時回去，就再也不能回去了！永遠不能！」

賽莉亞也轉頭看掛鐘：已經六點三十七分了。她脫下圍裙，丟在桌上，衝到玄關，套上鞋。兩個孩子跟著跑來。

「薇歐蕾，快，我的包包，在房間裡！」

女孩如箭一般地咻地飛走，轉眼就帶著皮包下樓。

「快！大家上車！」

一家三口衝下花園斜坡，鑽進冬妮特車身裡。

「上路了，好女孩。」賽莉亞對小愛車說。「後面的，安全帶都繫好了嗎？」

「喀嚓」一聲，兩個孩子以具體行動回應。賽莉亞發動引擎，踩上油門。可憐的冬妮特，剛過了個平靜的週末，這會兒只發出微弱的低吼，一公分也沒前進。

「冬妮特！」賽莉亞怒吼，「妳肚子裡要是還藏著點本事，現在就該拿出來給我們瞧瞧！」

賽莉亞轉動車鑰匙，閉上眼睛。小車嗆咳幾聲，從老舊的排氣管噴吐幾口廢氣，引擎開始咆哮。

小家庭三人歡欣叫好，賽莉亞猛力把油門踩到底。小車以最大的能耐在馬路上蹦跳一下，衝入傍晚交通繁忙的街道。

賽莉亞敏捷地在車陣中穿梭，直到一輛巴士擋住去路，才不得不停下。綠燈已經亮起，巴士卻遲遲不起步。

眼見號誌轉成黃燈，賽莉亞咒罵了一句，加速前進並猛力打了一下方向盤。可憐的冬妮特沒有選擇，被迫做出就連在剛出廠的年輕氣盛時期都沒做過的事：開上人行道。

行人紛紛鬼吼鬼叫地退到牆邊，但賽莉亞一副若無其事的模樣，超到巴士前面。小車蹦下馬路，底盤刮到人行道邊緣，避震器發出嘎嘎聲響，繼續以終極狂速向前飆。

奧斯卡看看手錶：六點五十四分。他們還得越過皮陀街和附近的大商場，才能到藍園。開到皮陀街口，賽莉亞來了個緊急煞車：車陣原地停滯，人行道上黑壓壓的人潮。這一次，她無法再虐待小車，逼它爬上去。

「媽，我們到不了了。」奧斯卡洩氣地說。

「別胡說，抓緊坐好！」賽莉亞反駁，看了後照鏡一眼。

女兒面色發青，兒子一身冷汗。

「加油！孩子們！就快到了，你們老媽說到做到！」

賽莉亞倒車後退，再度引發一陣喇叭交響。她轉入右手邊第一條街。薇歐蕾坐起身，視線越過母親肩膀，瞄了一眼。

「啊？」女孩喃喃嘟噥，「我們要去市場？」

「差不多，寶貝，差不多。只是這一次，我們不停下來。」

市集廣場上，攤商們正從容地收拾貨品，拆卸棚架。突然一陣轟隆呼嘯，迫使他們個個轉身回頭：一輛小車閃著所有車燈，活像一株架在輪子上的聖誕樹，直朝他們一路衝來。他們只來得及盡量往旁邊躲到最裡面，避開駕駛座上那個瘋女人，竟然毫不減速地穿過廣場，放煙火似地，揚起一堆空木箱、爛菜葉和水果亂飛。

「孩子們，我想，以後我們最好再也別來這裡買東西了。」賽莉亞大叫，蓋過引擎聲和此起彼落的尖叫驚呼，「一切都好嗎？」

奧斯卡和薇歐蕾根本沒辦法回應：即使繫著安全帶，兩人只顧從座椅的一邊滑甩到另一邊，東倒西歪地跳華爾滋。

當冬妮特從廣場的另一頭出來時，手錶指著六點五十七分。

奧斯卡坐起身，露出微笑：藍園大道的豪宅群就在眼前。小車如龍捲風一般掃過，直到庫密德斯會前才停止跳動。

冬妮特的前車蓋冒出一陣黑煙。時間是六點五十八分。

賽莉亞轉身打開兒子那一側的車門。

「親愛的奧斯卡，你還有兩分鐘可以去貫徹自己的決定。快走！」

男孩跳下車。

「奧斯卡！」他的姊姊大喊。

薇歐蕾把他遺忘在車上的一次只看一樣東西紙張遞給他。他接過來，摺好後放入口袋。媽媽從車窗口探出上半身，奧斯卡擁抱了她。

「我為你感到驕傲，我的大男孩，我的小男人。」

他看見母親的眼睛裡閃著淚光。短短幾天內，這是他第二次看到媽媽哭，而且，再一次，都是因為他的緣故。他的心緊緊抽痛，遲疑了一下。賽莉亞感到兒子舉棋不定，於是要他安心。

「我們女生都是這樣的啦：真的勇敢的時候，就不必怕哭。」

她摸摸兒子的臉頰。

「沒事。有時候，高興的時候也會流淚啊！奧斯卡。或者是為自己的孩子感到非常驕傲的時候。」

她垂下眼睛看手錶。

「六點五十九分了！快走，馬上走！全力衝刺！」

奧斯卡拔腿狂奔，跑過庫密德斯會的林間小徑，瘋狂按鈴。他明明聽見門後有聲音，卻沒人開門。一定是彭思看見他們來了，卻把門關上！他是故意的！但他連一秒鐘也不能再拖延了……

他衝下台階，旋風似地繞到屋子後門，直接闖入後院通往廚房的門。雪莉發出一聲驚叫，

「奧斯卡！您嚇到我了，孩子！但……」

他沒聽她繼續說了什麼，已經在彭思驚愕的目光下，如火箭般越過大廳。客廳裡，布拉佛先生的老爺鐘敲出報時的第一響。

他打開門，衝過客廳，進入餐廳，胡亂梳理一下滿頭獅鬃般的亂髮。當老爺鐘敲下最後的第七響時，他已坐在桌子的一端，自己的位子上，上氣不接下氣。在此同時，雪莉端著兩個盤子進來。奧斯卡對她露出一個大大的微笑，她也迫不及待地笑著回應。

餐桌的另一端，大長老抬起頭。

「晚安，奧斯卡。」一貫低沉迷人的嗓音。「歡迎回到庫密德斯會。」

晚餐後，奧斯卡上樓回房間。

他刷了牙，洗了臉，沒換衣服就躺上床。他想先體面地赴約，然後才換上輕鬆的睡衣：赴他每天和父親的約會。

他從口袋中拿出小相本，翻到維塔力年輕時的家庭合影。薇歐蕾尚在襁褓中，他自己則還在媽媽肚子裡。今晚，維塔力明顯地轉頭面對他，慈愛地笑著，彷彿對兒子度過了這漫長又辛苦的一天感到滿意欣慰。

奧斯卡乾脆對爸爸說起話來。

「你知道，我並不打算放棄這一切。那時我只是太累了，又有點沮喪而已，但我一直都渴望成為醫族。」他堅決地說。「像你一樣英勇強大！大家都說你是一個超～棒的醫族，藏書室裡所有的作者都這麼告訴我，就連波依德也不敢否認，還有茱莉亞．賈柏，每次提到你就幾乎要哭了！她好仰慕你喔！」

維塔力似乎大笑起來，而他的妻子，雖然挺著漂亮的圓肚子，也稍微往丈夫身上靠過去些。奧斯卡心想，自己或許惹得照片上的媽媽嫉妒了。

「她並沒有愛上爸爸啦，只是單純的仰慕，我相信。」

奧斯卡靜待了一會兒，才繼續說下去。

「問題是，是……是那個……我以為你會為我感到丟臉，因為我沒成功地裝滿水晶瓶。」他很小聲地說，垂下了頭。

他的目光接觸到爸爸的眼睛；照片上，雙親的面孔已說得很清楚：他們看著兒子，表情無比驕傲。奧斯卡鬆了一口氣，露出笑容。

「事實上，我還有件事想告訴你。你──」

一個細碎的聲音響起，就在附近，打斷他說話。他迅速把相本塞到枕頭下，仍坐在床上，但豎直了上半身，動也不動，仔細聽是否有第二聲雜響。最後，他還是下床走到窗邊。或許只是吉祖揮動枝枒，跟他說晚安？

他打開窗戶：什麼也沒有。遠遠地，他隱約看見一棵高大橡木的剪影。說起來，花園十分遼闊，而今天晚上刮著大風，吹動還飽含雨水的樹枝搖晃擺盪。他關窗，拉起窗簾，然後轉身回到床上，拿出相本。他不喜歡像這樣話說一半就跟爸爸暫別。

奧斯卡又翻開相本，這一次，連一個字都還來不及說，就聽見一陣更清楚的聲響：先是悶悶的撞擊，然後又有像在說悄悄話的聲音。

「喂，你把全部的位置都佔走了啦！你看！」

另一個聲音，聽起來比較沉穩，回答：

「我總得有個地方站吧！」

奧斯卡敢發誓，這些聲音是從衣櫃裡發出來的。他站起來，心跳得好快，躡手躡腳地走過去。他握住把手，盡可能不被發現，轉動之後，猛力拉開門。

交談聲響戛然而止。衣櫥裡，只有奧斯卡的披風還在晃動。奧斯卡後退一步，大聲說：

「如果有人在這座衣櫃裡，就馬上出來！」

他所得到的回應卻是一片靜默，毫無動靜。為防萬一，隔著T恤，他的右手按在鍊墜上，用左手突擊，拉開披風。

在他驚愕的眼前，出現兩個孩子，緊抱在一起，神情狼狽窘迫。奧斯卡毫無困難地認出了他們。

「這……你們在這裡做什麼？！」

瓦倫緹娜和勞倫斯互相推來推去，滿臉通紅（對瓦倫緹娜來說，這倒是很正常）地跌出衣櫃，上氣不接下氣。兩人互看了一眼，終於抬眼望向雙手抱胸，狠瞪著他們的奧斯卡。

瓦倫緹娜首先發難。

「是這樣的：我們三個被從大山噴出來，又一起掉進山谷裡的空腸大管道，我們稍微攀附在你的披風上……」

「躲在你用不到的衣褶裡。」勞倫斯詳細補充。

奧斯卡搖搖頭，瞠目結舌。

「但你們是怎麼跑出黑帕托利亞的？」

「這個嘛，」勞倫斯用一貫的冷靜語氣回答，「其實還滿簡單的：只要熟知醫族的披風特性就行了。如果披風願意庇護我們，並在你，奧斯卡，離開身體的時候，『辨認』出我們，我們就能跟你一起出來。」

「但是我的披風，它可不認識你們啊！」奧斯卡大感驚訝。

「當然認識！」瓦倫緹娜開起玩笑。「在吊橋上，是它救了我耶……喔，你也有一點功勞啦，當然。」

「至於我呢，」勞倫斯接話，「我在超越到你前面，打算替你帶路的時候，推擠了你一下，摩擦到披風了，然後又幫了你的忙。披風，它至少曉得心存感激。」

奧斯卡閉上眼睛。他完全搞不清楚了：這些交錯混亂的世界和這些奇奇怪怪的人們，一個個出現，一下子從這裡冒出來，一子從那裡冒出來。不過有一件事很確定，他也打算立刻提醒他們：

「你們不能留在這裡！」

兩個孩子都慌亂得六神無主。

「奧斯卡，拜託你！我不想回去！」瓦倫緹娜喊起來。「我想旅行，在那些河裡和海裡，我都快悶死了！快發霉了！我會變成一艘過時的環球紅牛，不久後馬上就會出紅牛六號新款，然後七號，他們會把我丟到廢物回收場，送進脾臟墳場，然後，你……你……你會一輩子良心不安！」她說著，把手放在心口上，用力擠出眼淚。

「奧斯卡，」勞倫斯哀求：「我不想在大山的礦坑裡過一輩子。你也親眼看到了，那裡的溫度高過攝氏三十七度，也就是華氏九十八點六度；到處是數不清幾公里長的隧道，光線陰暗，工作辛苦，一天要生產多達六百毫升的膽汁……外面的人看起來可能會覺得很少，沒錯，但在那裡面，可相當於好幾座你先前看到的大湖！你要我過那樣的日子，奧斯卡？你覺得那種日子適合我這個年齡的男孩嗎？更別說那四萬五千六百五十公尺的──」

「閉嘴！兩個都閉嘴！」奧斯卡低聲喝令。勞倫斯那些詳細的數據比瓦倫緹娜的哭天搶地更讓他頭昏腦脹。

他擔憂地朝門口望了幾眼，再次示意要他們別說話。

「你們要是被彭思逮到，」奧斯卡悄聲說，「就會立刻被送回黑帕托利亞和跨界大水網，我說真的！」

兩個孩子乖乖照做，並用充滿希望的眼神望著醫族少年。

奧斯卡把一頭紅棕亂髮搔得更亂，思忖著該怎麼做才好。能再見到兩位冒險夥伴，他其實很高興；本來還很擔心他們的，如今看到他們也逃脫出來，就放心了。而且，在庫密德斯會，有時候他的確感到有點孤單；能有年紀相仿的孩子作伴也好，特別在某些比較艱難的時刻，他會好過些。但是，在這個地方，怎麼做才能把他們藏好呢？而如果他們被發現了，他該怎麼對布拉佛先生和魏特斯夫人交代？這兩位長老一直這麼相信他……

他回想起在彭思的黑帕托利亞那段旅程，還有，當他陷入困境時，這兩名孩子為他所做的一切。完全不求回報。這一次，輪到他們需要他了，他也很想為兩人盡一份心力。無論有多麼危險。說穿了，友情，不就是這麼回事？

「好，我答應。」奧斯卡終於說，「你們可以留下來，但是一定要謹慎小心，非常小心！」

勞倫斯像滿月一般的圓臉咧出一個好大的微笑，而瓦倫緹娜則開心地活蹦亂跳。

一份友情，真正的友情，就此誕生。

艾絲黛・佛利伍德的大爆料

一個星期安然度過，宛如奇蹟。

奧斯卡把兩名好友周全地藏在房間裡。只要有任何一點聲響，一點警訊，或彭思有任何朝房間走來的動作，指令很清楚：立刻緊急躲入衣櫃。

然而，很快地，兩位「嘉賓」已經往房間外面探險。由於整天都在監看觀察屋裡的人來來往往，他們早就精準掌握了每個人的習慣。魏特斯夫人和莫倫・茱伯特幾乎每天都來庫密德斯會；所以，一等奧斯卡離開房間，去找她們上課，瓦倫緹娜和勞倫斯就出發去探險。他們兩人，一個大膽莽撞，一個知識豐富，個性又互補，戰勝了被逮到的恐懼。瓦倫緹娜活潑矯健，面對危險時，反應尤其靈敏；她很少慌張到手足無措，經常能找到解決辦法。至於勞倫斯，他是個名符其實的小天才，閱讀過幾百本書，對醫族的世界瞭若指掌——有時知道得比奧斯卡還清楚。因此，他從不做沒準備的冒險。而當他發現某樣不知名物品或某個陌生的地方，就會迅速記下其重要特徵。

勞倫斯一身黃皮膚，瓦倫緹娜則一頭紅髮，要是被人撞見，不可能不被發現，也很難被當成居住在歡樂谷的小孩。但奧斯卡還是堅持要他們穿得跟一般人一樣。瓦倫緹娜拋棄了鮮紅連身衣，換上橘色短褲和一件桃紅色T恤。那是奧斯卡後來第一次回巴比倫莊園就從姊姊的衣櫃裡挖出來的。至於勞倫斯，他那圓圓胖胖的體型就難搞多了；不過奧斯卡總算在傑瑞米的雜貨市集找到一件工作背帶褲，勞倫斯穿上後再把褲管捲高就行了。

而立即面臨到的更大難題，則是食物。

第一天，奧斯卡趁著雪莉不在廚房，而彭思在走廊忙別的事，偷偷把一些存糧搬進房間。瓦倫緹娜和勞倫斯默默吃了，什麼也沒說；但從兩人互相交換眼神和奇怪的表情研判，顯然並不合他們的口味。而且，隔天，奧斯卡發現帶回來的東西幾乎完好如初。不過他已經特別留意，沒拿雪莉做的料理給他們吃。他們初次來到這個世界，他可不想一開始就讓他們噁心。

第二天，他看到所有食物原封不動，於是問兩人究竟想吃什麼。

「如果你能替我帶些小扁豆、巧克力，甚至是生鏽的鐵釘，那就太好了！」瓦倫緹娜回答。

奧斯卡問她是不是在開玩笑。

「才沒有咧！」女孩告訴他：「你不知道紅血球需要鐵質嗎？」

「我呢，」勞倫斯深怕被遺忘，連忙插嘴：「麵條、麵包和糖，這樣就很完美。」

「不要別的？麵條上不用加番茄醬？麵包上要不要塗榛果巧克力醬？」

「你想弄的話也可以。」勞倫斯說。「不過那些並非必要。我得保持身材才行。」他說著，摸摸圓鼓鼓的肚子。

奧斯卡走出房間去替他們找那些奇怪的餐點，勞倫斯卻追出來：

「啊！還有最後一樣東西……」

「油？」雪莉驚訝地問。

「對。」奧斯卡站在廚房中央，尷尬地回答。「以防我……夜裡口渴。」

「口渴的時候，喝油？！您不認為一瓶水或一杯果汁比——」

「不，我要油。油就很好。」男孩堅持，覺得自己實在蠢得要命。

勞倫斯怎麼能喝這種東西？油耶！多恐怖！

「但這就是我們的角色啊！」幾分鐘之前，小黑帕托利亞族對奧斯卡解釋，口氣像個溫和慈藹的老師。「我非常能夠消化油脂，別擔心。而且我必須自我訓練，要不然會漸漸忘記該怎麼做。」

雪莉猶豫了一會兒，還是讓步了。奧斯卡試著提出最後的要求。

「雪莉？」

「嗯？」廚娘反問，懷疑小主人又有什麼奇怪的新願望。

「您是不是也還有一點奶油？」

「當然。」她放心了。「您想吃的話，我可以幫您塗在麵包上！」

「不，不用麻煩了，只是想當零嘴咬幾口……」

「咬幾口……奶油？就這樣，只吃奶油？」廚娘不禁擔心起來。

男孩寧願撒謊，也不能對可憐的雪莉說出真相，儘管她看起來十分擔心他的狀況。真相是，勞倫斯就這樣啃奶油吃！光是想到，奧斯卡就食慾全失。只差再喝一口油，幫忙把奶油吞嚥下去！

「不，當然不是。但是我想自己動手塗。」

總之，這個星期慢慢過去，三個孩子對彼此的認識更深了。在離開藏書室，或金絲雀維克多，或勞斯和萊斯之後——這要視兩位女師父要他做的練習而定——，奧斯卡很高興能和朋友聚在一起。他們急著分享各自的體驗，更迫不及待地互相糗一糗，哈哈大笑。

幾天之內，瓦倫緹娜和勞倫斯已經習慣了庫密德斯會，而庫密德斯會也已經習慣了他們。想當初，三個孩子第一次踏上二樓走廊的地毯時，毯子劇烈地大幅波動，奧斯卡花了好一番功夫才平息。遇見守在走廊口凹室裡的賽蕾妮亞時也是：過了一、兩分鐘，聽完男孩悄聲解釋好幾次，年輕女雕像才恢復優雅從容。三樓的羅妲就沒她那麼敏感，十分通情達理。即使這兩位女人仍然充滿神秘，而奧斯卡也沒能探聽出她們的身分（沒有人願意說清楚，就連最愛八卦的雪莉也不肯講明白），他對監守在二樓崗位的少婦賽蕾妮亞還是頗有好感。奧斯卡只希望她履行承諾，守住他們三人的秘密。

一個星期後，來自黑帕托利亞的兩個孩子已經把溫斯頓・布拉佛的大宅當作自己的家……而宅院的主人卻仍被蒙在鼓裡！日常作息上的搭配和臨場反應都已日臻完善，他們出去探險的次數也愈來愈多。這兩天以來，兩個孩子甚至跑進花園冒險。奧斯卡把他們介紹給吉祖，大樹庇護他們，擋掉視線。

一天晚上，勞倫斯和瓦倫緹娜對奧斯卡描述他們最近一次的郊遊，奧斯卡則初次跟他們說起父親的事，以及關於父親之死的各種神秘疑點。

「你為什麼不問問魔法書呢？」勞倫斯順理成章地問，一面敲打著他的金邊眼鏡。剛剛被他一屁股坐下去之後，鏡框很明顯地不再那麼圓了。

「他不回答！而且，我一天只能問它一次，因為進入體內之後，我可能會需要第二次發問的機會。莫倫和魏特斯夫人絕不會好心提醒我的……」

「也許它根本不知道答案。」勞倫斯猜測。

「我第一次問它的時候，它回答了，後來就什麼也不肯說。彷彿是個巧合：事情發生在魔法書寄放在藏書室幾晚之後。那段期間，同一層書架上，在它旁邊的是卑鄙小人比利．波依德的書。」奧斯卡回應勞倫斯的質疑。「我確定是那傢伙說服了魔法書，讓它絕口不提……」

男孩把波依德威脅他的事告訴了兩位好友：那傢伙同意幫他重新說服魔法書回答關於爸爸的提問，但要奧斯卡回報他一件事。

「他想要什麼？」勞倫斯問。

「我不知道。那時彭思剛好進來，我只好離開。後來，我就始終沒能自己進藏書室。彭思全天候監視我，每天檢查，確認我在晚餐後就待在自己的房間。」

「好，」瓦倫緹娜打斷他的話。她的想法總是非常實際：「既然魔法書不肯回答，那我們就從別的地方找答案。難道沒有別本魔法書知道得更多？像是大長老的那一本……」

「這個嘛，還是算了吧！」勞倫斯建議：「這麼做太魯莽了……」

「藏書室裡滿滿都是書。」奧斯卡說，「但沒有一本會告訴我爸爸究竟遭遇了什麼事，除了我自己的魔法書以外；或者還有波依德，他對病族的一切幾乎瞭若指掌。」

孩子們束手無策，都緘默不語。最後是勞倫斯提了一個辦法。

「我想到了一個主意！」他說。「雖然從書裡無法得知你父親發生了什麼事，但至少能在書裡找到喚起你魔法書記憶的方法！總有介紹醫族的書吧！記載醫族有哪些能力……」

「……和醫族的道具，比方說，披風，或者魔法書！」瓦倫緹娜接下去把話說完。

「當然有！」奧斯卡激動地喊出聲：「艾絲黛・佛利伍德的書！」

「勞倫斯，要是沒有你該怎麼辦喔！今晚，目標藏書室！」女孩開心極了。

「不。」奧斯卡回應。「我剛才說過，彭思隨時在附近出沒，我們會當場被活逮啦！明天早上我再試試看。」

瓦倫緹娜搖晃兩條紅辮子，自信滿滿的模樣。

「安啦！彭思的作息時間我都會背了。今天晚上他會出去散心。去藏書室的路通行無阻。」

「總之，我一個人去就好。」醫族男孩決斷地說。「要是你們也一起去，一定會被不朽之身老祖宗們看見，他們的書會告密揭發你們。太危險了！」

「噢！不！奧斯卡，你不能這麼無情！」瓦倫緹娜哀嚎起來。「我們從來沒進過藏書室，我想去得要命，好想看看長老們的座椅啊什麼的……」

「那麼多書，要是都能讓我看一眼，我就心滿意足了。」勞倫斯從旁補上一句。「好啦！奧斯卡，那麼晚了，不朽之身廳裡應該早就沒人了——就算是不朽之身，總也要睡覺吧！不是嗎？而且，我們對你多少有用處，可以幫你監視走道和玄關上的動靜！」

奧斯卡抵擋不過兩位好友的攻勢，於是就這麼決定了。

午夜十二點，奧斯卡準時下床，穿上室內鞋，以免在走廊上發出聲響。他把兩名同夥從衣櫃放出來，三人一起踮起腳尖走出房間。

正在下樓時，突然聽見大長老所居住的三樓傳來聲響：有人開了一扇門……三人瞬間立定在樓梯間，心臟狂跳。如果溫斯頓·布拉佛這時候下樓來，瓦倫緹娜和勞倫斯在庫密德斯會的好日子就要結束了，說不定，連奧斯卡也別想再繼續住下去了。

樓上傳來腳步聲，三個孩子慌亂成一團。腳步聲愈來愈接近，有人開始走下樓梯。瓦倫緹娜把勞倫斯推到樓梯間的桌子下，放下桌巾；然後，急忙把奧斯卡拉到大廳，一起躲在盔甲後方。腳步聲更加接近了，當一個巨大的身影，手持蠟燭，從他們眼前經過時，兩人都屏住了呼吸。

奧斯卡認出布拉佛先生的睡衣。他的心臟猛烈狂跳，有種錯覺：身體彷彿變成了小鼓，迴盪著怦怦的心跳，聲音大得會讓大長老聽見。他們躲藏了一陣子，感覺上像是好幾個小時那麼久，然後又看見大長老走過，爬上樓梯。

直到聽見三樓的房間門關上，他們才敢走出來。

瓦倫緹娜連忙跑到位於二樓口的樓梯間。桌巾詭異地鼓出一塊。溫斯頓·布拉佛竟然沒發現，真是天大的奇蹟。她掀開桌布：勞倫斯蜷縮成一團，活像個睡在小搖籃裡的大巨嬰。男孩還不敢睜開眼。

「先生，」他的聲音顫抖，「我很抱歉，真的很抱歉！聽我解釋，讓我全部解釋給您聽！」

「閉嘴啦！笨蛋！是我，瓦倫緹娜！你講話這麼大聲，是想再把布拉佛先生引下樓嗎？到那時，你就真的太抱歉了！」

她幫忙把勞倫斯從茶几桌腳之間拉出來；三個孩子便一起快步進入藏書室，然後趕緊關上門，背靠在門板上，餘悸猶存。

奧斯卡是第一個恢復反應的。他比了個手勢，另兩人立即會意：他們先別動。奧斯卡踮起腳尖，繞開會議桌，一直走到畫像牆前。沒有任何一張亮著，這表示不朽之身的魂魄不在牆後方的廳裡。奧斯卡悄悄走開，帶著朋友們往畫像對面的書架走去。勞倫斯張大眼睛，陶醉又驚嘆地望著眼前這幾百本、幾千本排列整齊的書本。

「真是的，我第一天就該來這裡才對！」他低聲說。

奧斯卡隨手拿下一本書，遞給好友。勞倫斯翻開書後，極度失望地發現書頁都是空白的。沒有半行字，連半個字都沒有。

「它們全部都是這樣？」他附在奧斯卡耳邊悄聲問。

「全部都是。」奧斯卡證實。「總之，只要不認識作者，而他決定不讓你閱讀，就會是這個狀態。至少，」醫族男孩也悄聲說，「你不必感到懊悔。」

奧斯卡偷溜到提圖斯旁邊，俯身靠近魏特斯夫人座椅的扶手，說了幾句悄悄話。座椅毫不費力地浮起，輕輕移到書架前擺好。奧斯卡爬上去，取出他想要的那本書，下來時對座椅感激微笑。扶手椅浮移回自己的位置；三個孩子悄悄離開。

他們越過大廳，躲進客廳。

奧斯卡快步走到壁爐旁，那裡夜以繼日地燃著庫密德斯會之火。兩個好友在他身邊跪坐下來，等他翻開書頁。

「這是……這裡發生了什麼事？我們在哪裡？夜已深了，怎麼還這麼亮？啊！！！！！火！火呀！把我拿離火遠一點！」

奧斯卡連忙把書拿到遠離爐火的地方。

「抱歉在深夜將您吵醒，佛利伍德夫人。是我，奧斯卡！」

「奧斯卡？小藥丸？您是哪裡不對勁啦？想嚇死我嗎？您知道得很清楚，我們書本都討厭火！想像一下：只要被一點火星噴到，我的書頁就會著火！」

「很抱歉嚇著您了。我只是想問您一個問題，並沒有要把您丟進壁爐的意思！」

「我的天，快請閉嘴！光是想到，我就渾身不舒服！一本像我這樣尊貴無價的書，要是燒掉了，對溫斯頓．布拉佛將是多大的損失！甚至，該怎麼說，是全世界醫族的損失！」

奧斯卡朝天翻了個白眼。好了，這下子艾絲黛．佛利伍德整個清醒了，開始對著自己的書連連讚嘆，往自己的臉上貼金……

「這個女人在鬼扯什麼呀？！」瓦倫緹娜讀了艾絲黛的文字，嚷了起來。「她的書有夠醜的好不好！看看這個塑膠封套……說真的，就算把它拿去燒，天也不會塌下來嘛！」

「什麼？誰在說話？您說什麼？」艾絲黛．佛利伍德寫道。

「沒事，沒事。」奧斯卡用手摀住女孩的嘴，搶著回答。「佛利伍德夫人，我來介紹一下：這是瓦倫緹娜。她剛剛說，您的書是……是天下最妙的書！她覺得好棒！」

「啊！」艾絲黛的字跡稍稍恢復工整，「這小女孩真乖。應該說，她的品味尤其高尚，儘管她說的都是顯而易見的事實。」

奧斯卡擔心彭思夜裡起床，或布拉佛先生又下樓來，決定不再任由艾絲黛暢談她最愛的話題：她的書和她本人。

「佛利伍德夫人，關於魔法書，我有一個疑問；而在論述醫族和醫族能力的書之中，您的書可算是數一數二的，我是這麼想的……」

「孩子，您想的完全不對：醫族相關類裡，我的書是最好的一本。」

「對，對，當然。」奧斯卡回應，同時睜大眼睛瞪視想開口的瓦倫緹娜。「由於您的書是最好的，我們想到，在書裡一定能找到問題的答案。」

艾絲黛．佛利伍德似乎很滿意奧斯卡的讚美，字跡又更柔和了些。

「快說吧！我在聽。快點啊！難不成要整晚不睡？」

「我的魔法書有一個問題不會回答。」奧斯卡說。

「不可能。」艾絲黛斷然回應。「如果問題和自己的主人有關，魔法書一定會回答。應該是您提問的方式不對。」

「第一次問的時候它回答了，後來，頁面就一片空白！」奧斯卡辯駁。

「那麼，有兩種可能。第一，至少針對那個問題，您的魔法書被鎖住了；或者，它喪失了記憶。在某些魔法書上可觀察到這種不正常的狀態，屬於製造瑕疵。必須把它送還給……」

艾絲黛．佛利伍德停筆了一會兒。孩子們湊近書本，懸在她的文字上方。她繼續下筆，懷有戒心。

「送還給溫斯頓．布拉佛，他知道該如何處理。」

「您本來是想寫別的吧？佛利伍德夫人：必須把魔法書送回到某個地方，是哪裡呢？」

「不重要。」艾絲黛．佛利伍德說得乾脆：「他們會再給你一本新的。現在，我累了，把我歸還到我的書架上，否則明天我替您上課時，會表現得不夠精采奪目。不，」她糾正自己，「這種事可不能發生。不過，畢竟我也已經很累了，所以，趕快結束吧！」

「呸！」瓦倫緹娜開炮：「她這麼說，根本是因為不知道到底該把魔法書送還到哪裡，就只是這樣而已！」

「什麼？這個無禮的丫頭究竟是誰？」作者氣得火冒三丈。「你們搞清楚一件事：艾絲黛・佛利伍德知道所有的一切！太不像話了！既然這樣，我什麼都不想再說了，而且我要去找布拉佛投訴！現在，我命令你們馬上把我帶回藏書室！」

書本啪地一聲闔上。奧斯卡憤恨地瞪了瓦倫緹娜一眼。她尷尬地左顧右盼。到目前為止都沒開口的勞倫斯俯身對書本的封面說：

「親愛的佛利伍德夫人，何其榮幸認識您，即使您正在氣頭上！我讀過您所有的著作，對您的仰慕無窮無盡。」

書本依舊沉默不語。三個孩子交換了個失望的眼神。奧斯卡已準備把書拿起來，封面卻突然翻開，打到他的指尖。一行字跡顯現。

「哦？您仰慕我？」艾絲黛實在無法抗拒任何讚美。

「當然！」勞倫斯急忙回答。「而且，請相信我，仰慕您的不只我一個人：在黑帕托利亞世界，您是家喻戶曉的人物，我們僅以您的芳名來發誓！」勞倫斯咧嘴展現一個超大笑臉。

瓦倫緹娜好奇地打量他；結果斷定：勞倫斯那張幸福無比的臉竟然出自一片真心誠意！

「假如我能擁有您這麼豐富的知識就好了！」小黑帕托利亞人怨嘆。「運氣真好！」

「您的感受我懂，我的好小子。我也一樣，假如我遇見我自己，我肯定也會瘋狂地嫉妒我自己。」

「我敢說，那些魔法書本身知道的根本沒有您多。」

「做人要謙虛，我不能如此自誇，不過，既然您已經說了……」艾絲黛高興得快瘋了。

「我也很確定瓦倫緹娜根本在胡說八道。」勞倫斯使出交涉手腕繼續說：「不會回答的魔法書，您當然知道該把它送還到哪裡……」男孩狡猾地試探。

「還用說嗎？」艾絲黛回應，「就是送到……」

她再次噤聲。她雖熱愛讚美，但畢竟不是笨蛋。奧斯卡和瓦倫緹娜推推勞倫斯，要他再加把勁。

「拜託您，親愛的夫人，可以告訴我嗎？當然，這件事只有我們知道。若是能從您的筆下多學到一樣事情，我該會多麼驕傲啊！」

艾絲黛．佛利伍德猶豫著。瓦倫緹娜附在奧斯卡耳邊悄聲說：

「用火搔她書頁的邊緣，我敢說她一定立刻寫給我們看，這個裝模作樣的喜劇演員！」

奧斯卡用眼神威脅她閉嘴。艾絲黛總算開口。

「好吧！」她說，「不過真的只能告訴您。那個無禮丫頭走了嗎？」

「是的，沒錯。」勞倫斯點頭，「她走了，您可以放心告訴我。」

作者終於下定決心。

「只有一個地方能喚醒魔法書的記憶——或者，任何人的記憶：知識聖殿。」

「知……知識聖殿？」勞倫斯大聲唸出來，目眩神迷。「這是什麼？」

「聚集所有醫族的知識的地方，並加以珍藏保存。你可以找到每一本書的內容，因為，我們在出版任何書之前，都必須先在這裡留下紀錄。另外，甚至可以找到代代口述相傳，未曾被寫下的一切，以及每一位醫族的過去。可以這麼說：這是我們整個族群的記憶。」

「太棒了！」勞倫斯歡呼，真心讚嘆。「要是能在知識聖殿這樣的地方過一輩子該有多好！」

「不可能的，小子。」佛利伍德夫人斬釘截鐵地寫道。「我本人也曾提出申請，卻遭到拒絕。您是不會有任何機會的……」

孩子們忍不住想笑。人家一定是怕她即使在知識聖殿，也會不停炫耀說教吧！

「說到這裡，」她又寫道：「您到底是何方神聖？」

「這個嘛，」勞倫斯能跟一位寫書的女士談話，實在感到非常驕傲，「我叫勞倫斯，是……」

「一名醫族少年，跟我一樣，佛利伍德夫人。」奧斯卡扯了扯勞倫斯的衣袖，及時插話。「無論如何，您幫了我們很多忙。是否能請您再告訴我們，這座知識聖殿在哪裡？」

「我都說了：他們根本不會讓你們進去。總而言之，那是最高機密，孩子。好了，現在，真的夠了。」艾絲黛．佛利伍德斷然寫下：「我想回藏書室去！」

艾絲黛．佛利伍德的書自動闔上，任憑三個孩子怎麼努力也沒用，它就是不肯再打開。

瓦倫緹娜轉身朝另外兩人說：

「你們看到了沒？！這就表示：只要到了知識聖殿，就能把你的魔法書帶去修理『解鎖』。」

「比這還要好。」奧斯卡接話。「或許還能直接詢問關於我爸的故事，說不定連魔法書都不需要，就能查出真相！」

「她永遠也不會告訴我們那座聖殿在哪裡。」

「我們會找到的。」奧斯卡充滿自信。「一定會找到。」

他抬頭看看掛鐘：已經過了午夜十二點半；如果希望明天也能精神充沛，現在就該把艾絲黛．佛利伍德的書物歸原位，然後上樓去睡覺。

他們謹慎地打開客廳的門，溜進走廊。再一次，就在抵達樓梯之前，聽見又有腳步聲傳來。奧斯卡把好友們往廚房推。不過，就這次來說，可真不是個好主意：鞋跟踩在地板上，這腳步聲聽起來氣沖沖的，直朝他們的方向走來。

「快！」奧斯卡悄聲催促，「食物儲藏庫！」

三個孩子急忙躲進像房間一樣大的壁櫥裡，就在雪莉進入廚房那一刻，及時拉上了門。勞倫斯轉過身，開心極了：他們周圍全是一包包麵條，稻米，各種罐頭，玻璃瓶罐。而且還有油！奧斯卡把他拉到身邊，強迫他躲起來。瓦倫緹娜偷偷打開一條門縫，噗哧笑出來：雪莉那一頭枯黃的頭髮上滿是五顏六色的髮捲，穿著一件花睡袍，腳上一雙粉紅色絨毛拖鞋。奧斯卡想把門關好，卻被瓦倫緹娜推開。

「別管啦！」女孩悄聲說。「她太好笑，而且又是個大近視，看不見我們的！」

廚娘打開一座壁櫥，拿出一個玻璃杯，倒了一杯果汁，關上了燈，奧斯卡大大鬆了一口氣。她正要拿著杯子出去，卻又回頭，朝廚房最裡面走來，也就是食物儲藏庫的方向。

同伴三人急忙退後，一陣慌亂。瓦倫緹娜趕緊關上門。過了一會兒之後，只見門把轉動：雪莉進來了！

奧斯卡抱緊艾絲黛．佛利伍德的書，強迫兩位好友靠在牆邊：運氣好的話，至少廚娘不會一進來就看見他們。三人全都屏住呼吸。

雪莉打開門，直接朝最裡面的架子走去，沒開燈，也沒看旁邊。儲藏庫對她來說就像自己的衣櫃一樣熟悉。她拿了一大罐酸黃瓜、一瓶牛奶和一些吐司麵包，又走了出去，砰的一聲關上門。三個孩子呼出長氣。

「可以說我們真的很走運。」瓦倫緹娜笑得坦然燦爛。「我不是說了她是個大近視嗎？！」

勞倫斯卻一言不發，站在門前，動也不動。奧斯卡推推他。

「出去啊，勞倫斯！前方沒有障礙，我們可以走了。」

「妳剛剛說，我們走運？」勞倫斯望著瓦倫緹娜，「那可不一定……」

「她用力關上了門。」勞倫斯哀嚎：「而這扇門要從外面才能打開……」

奧斯卡跑到他前面，推了推門：打不開。

這下子，瓦倫緹娜一點也笑不出來了：今天整晚，他們將被困在這座儲藏庫裡，明天一早又會被雪莉抓包。

「哎呀！事情麻煩了！」小女孩難得一籌莫展。「現在，我們該怎麼辦？」

「沒有別的選擇了。」奧斯卡說得決斷。

他撲向儲存食物的架子，手臂大力一揮，把所有瓶瓶罐罐都掃了下來，發出驚人巨響。

「你瘋啦？！」勞倫斯嚇壞了。

奧斯卡沒空跟他解釋。他聽見雪莉彷彿化身成一整個騎兵團，快步奔過大廳。廚娘衝進廚房，打開了儲藏庫的門。

「奧斯卡！這……您在這裡做什麼？」

她走進來，望著堆滿在男孩周圍的罐子瓶子，沒注意到有兩個身影趁機從背後溜出去，從廚房逃走……

「對不起，雪莉，我肚子餓，想從架子上層拿一些酸黃瓜，結果把所有東西都碰掉在地上了……」

雪莉彎下腰，撿起一個滾落到她腳邊的油瓶。

「呃……我也覺得有點口渴。」奧斯卡又說。

她摸摸孩子的臉頰，微笑。

「一點也沒關係，我的小奧斯卡。」她說，「我也有啊，一些抗拒不了的誘惑，比方說，酸黃瓜。即使在大半夜，我就是忍不住想嗑幾根。」

奧斯卡用天使般的無辜眼神望著她。

「您去睡吧，雪莉，我來收拾。」

「這什麼話！您快上床去睡覺，這些東西明天我再來處理，別擔心。走吧！快去睡，要不然我們兩個都會挨布拉佛先生罵。」

「除非給我一個好理由。」他們身後響起一個低沉的聲音。溫斯頓．布拉佛裹著深綠色的睡袍，往前走到儲藏庫中央。奧斯卡往背後瞄了一眼，用腳把艾絲黛的書推挪到散亂的麵條堆裡。

雪莉挺身為醫族男孩辯護。

「只是半夜肚子餓，布拉佛先生。沒什麼大不了的啦！」

大長老目光炯炯地瞪著奧斯卡，男孩望向別的地方，渾身不自在。

「那麼，祝你好胃口，吃完了就快上床，奧斯卡。別忘了：你必須保存體力，白天才會有精神。」

布拉佛離開廚房，奧斯卡一直目送他出去。

「謝謝妳，雪莉。」他總算鬆了口氣。

「您怎麼還在這裡？」廚娘輕輕斥喝。「快走吧！」

奧斯卡趁雪莉轉身時，趕緊取回書本，以最快的速度溜出廚房。他探頭觀察大廳。布拉佛先生已經上樓，前方通行無阻。他直接跑進藏書室，歸還書本。艾絲黛的書自動回到兩冊書中間，那是它平常所在的位置。男孩悄悄走出藏書室，爬上樓梯。回到自己的房間後，他立即跑去看衣櫃。瓦倫緹娜和勞倫斯已經安睡在櫥櫃最裡面，酣甜地打著呼。

奧斯卡悄悄關上櫥櫃門，鑽進被窩，瞪著天花板。艾絲黛．佛利伍德的話語，還有知識聖殿，在他腦海中盤旋不去。為什麼在此之前，都沒有其他人跟他提起過那座了不起的殿堂？那裡是否隱藏了什麼他不該知道的事？

醫族的世界每天都對他揭露一項新鮮的神秘事物，既迷人又驚奇，想必能為他那些揮之不去的疑惑提供線索，他很確定。

他終於抵擋不住疲累，手裡緊抓著小相本，沉沉睡去。

波依德的威脅

一個星期瘋狂地轉眼即逝，再下一個星期也一樣；奧斯卡一刻不得閒。然而他和兩個死黨的腦子裡只想著一件事：再去找艾絲黛．佛利伍德詢問聖殿的事，一定要問出聖殿位於什麼地方。勞倫斯也曾提議去問阿爾逢思．德．聖賴林克斯：既然老先生寫下了醫族歷史，一定聽說過知識聖殿。

「問題是，」奧斯卡告訴兩位好友，「阿爾逢思有一點記憶受損的現象……」

「但是我們呢，我們去試試看又不會損失什麼。」勞倫斯斷然反駁；他的論點總是經過深思熟慮，合乎邏輯。「無論如何，波依德那條線也不該放棄：他說過，他可以幫你讓魔法書再開口，只要你也幫他一件事。」

「可是那根本是威脅！」瓦倫緹娜大喊。「而且，害魔法書沉默不語的罪魁禍首一定就是他……」

「我一直還不知道他到底想要我做什麼，但我一點都不想幫他任何忙。」奧斯卡接著補上一句。「我寧願先想辦法找到聖殿，也不想請波依德幫我。」

星期五下午，他終於有一點時間可以整理回巴比倫莊園的行囊。他早就想好對策了：讓瓦倫緹娜和勞倫斯替他收拾，他則趁這段空檔溜回藏書室。

奧斯卡在下午四點左右下樓。大廳空無一人。雪莉在廚房，彭思忙自己的工作。他打開藏書室的門，溜進去後，立即關上門。

當他回過身來面對會議廳時，卻整個人僵住，幾乎無法動彈，眼睛瞪得好大。

「嘿！這不是藥丸家的小子嗎？！你怎麼會跑到這裡來？這裡離巴比倫莊園這麼遠，你迷路了嗎？」

奧斯卡不敢相信自己的眼睛：魯夫斯・摩斯，羅南的爸爸，在這裡？在庫密德斯會？！醫族男孩懊惱地咬了一下嘴唇。繼上次在大廳中央被弗雷徹・沃姆撞個正著之後，現在又被摩斯的爸爸逮到。大長老一定又會生他的氣，但他能怎麼辦？

他立刻注意到摩斯坐在一張特殊的椅子上：馬基維利，也就是弗雷徹・沃姆的座椅。其實他並不十分訝異：那位醫族長老和眼前的摩斯給他的感受差不多。

「這是我親戚家。」奧斯卡籠統地說。

摩斯放聲大笑。

「你？你是律師的親戚？太令我驚訝了！哈，如果你是暑假來這裡打工賺點零用錢，不必覺得羞恥啊！人窮的時候，會想要脫離貧窮，反而該說是件好事……」

奧斯卡猶豫著該離開還是留下來。他不想讓摩斯一個人待在藏書室，即使知道這些書本都能自我保護，不至於被無禮的或不該看的人看到。他抬眼望望書架。一眼望去，一本書都沒缺少。總而言之，若說有其子必有其父，摩斯先生應該沒有足夠的好奇心去拿書來翻閱。

「是的，就是這樣。」奧斯卡順勢回答。「那您呢？您認識大……」

他說到一半就打住：不知道摩斯對病族和大長老知道多少。還是謹慎一點為妙。

「……您認識大律師布拉佛先生？」他改口問。

摩斯站起來，從離他最近的架子上拿起一個小雕像把玩，粗魯地大嚼口香糖，每說一句就彈出一聲響。

「我來告訴你一件事，小伙子：我呢，我出現在這哩，是因為，溫斯頓．布拉佛，你知道的，現在，是我的鄰居。而且，我來找他談生意……想脫離貧窮，變成一個重要人物，就要這樣，懂嗎？不，」他輕蔑地說，「你不可能懂。」

奧斯卡上下打量他，毫不示弱：摩斯有一副肌肉精壯的身材，咄咄逼人，臉上點點膿皰，尖細的眼裡閃著歹惡的光芒。跟他兒子簡直是一個模子印出來的。看他縮著脖子聳著肩膀，穿著拘束的深色西裝，擦得亮晶晶的皮鞋，那些金戒指，金項鍊……魯夫斯．摩斯讓人聯想到電影裡的大尾流氓。

「還有另一件事也順便告訴你。」摩斯又說。「我在這裡覺得很自在，這就是我現在所屬的圈子。」他說著，人轉了一圈，欣賞富麗堂皇的廳室。「而且就像為我量身打造似的，適合得不得了。你們這些巴比倫莊園的窮光蛋，我一點也不想念你們，真的一點都沒興趣。好吧，你媽的長相是還滿漂亮的，但她每次遇到我的時候那副傲慢的德性！簡直把我當作空氣似的……但是如今，我確定，她可不會再拒絕了……」

他重重地陷進座椅裡，得意大笑。到目前為止，奧斯卡一直抑制忍耐著，現在終於爆發。

「不准這樣說我的母親！」他握緊拳頭大喊。「對我們來說，你也一樣，完全沒人想念你們！相反地，大家還挺慶幸你們離開了！」

「哇！這小子還會反咬人哪！看來該叫我兒子再多給你一點教訓才對……」

「那也要看他有沒有本事至少成功一次。」奧斯卡反唇相識。「總之，您來找布拉佛先生是找對了，如果不想哪一天被送進監牢的話，最好請一位好律師……」

摩斯霍地站起身，不似剛才那樣笑容滿面。就在這個時候，門開了，彭思出現。看見奧斯卡在場，他顯然很不高興。

「請您跟我來，先生。」他對摩斯說。

魯夫斯．摩斯用手指著奧斯卡，語帶威脅：

「你，下次再見面，我一定要教會你怎麼說話……」

他推了奧斯卡一把，跟著彭思走出去。管家順手把門關上。

魯夫斯．摩斯已經走了，但奧斯卡卻無法忘記他的出現。大長老怎麼會認識這個人？竟然信任那傢伙和他的家人？醫族男孩感到既憤怒、疑惑又嫉妒，五味雜陳。他試著掃除這些陰霾，朝書本走去：總不該忘記自己來藏書室的目的，而且等會兒就要暫別庫密德斯會回家度週末了。

他轉過頭來。提圖斯早已靜靜地滑過地板，等候著他。奧斯卡心酸酸地給它一個微笑，決定要恢復活力。他要找出知識聖殿，同時證明自己不會辜負魏特斯夫人、布拉佛先生和其他長老的期望。

他登上提圖斯，拉扯艾絲黛．佛利伍德的書。完全沒轍，書本似乎被釘死在書架上了。艾絲黛沒有跟他說話的意願。他也不多加堅持，擔心彭思隨時會回來，命令他離開藏書室。

這時，他想起勞倫斯的第一則建議：向阿爾逢思公爵查詢知識聖殿的事。他挪移提圖斯，重新再爬上去，伸長手臂去拿美麗的皮製醫族歷史書。但一個聲響轉移了他的注意。他轉頭去看，嘆了口氣。再一次，波依德的書又在書架上鼓譟。奧斯卡決定不理他。然而吵鬧的噪音可能把管家或雪莉引來；這一點，波依德心知肚明。他分明是故意的，非要奧斯卡答理回應不可。醫族男孩最後只得讓步。

他從提圖斯的椅墊下來，把波依德的書放到，不，應該說，扔到，大會議桌上。他猶豫著，書本則持續亂蹦亂跳。最後，他決定翻開書頁。

「你把我輕輕放下來不行嗎？臭小鬼！」波依德用粗大歪斜的字體抗議。「你以為這樣我還會幫你嗎？」

「我不需要您了。」奧斯卡得意地說。

「這可真讓我驚訝。」波依德回答。「我確定你的魔法書仍然還沒對你說話，而如果你想靠老骨頭解決，喏，靠他那本可以打昏所有人的厚厚歷史書，那就祝你好運囉！好吧，既然你認為我們之間沒什麼可說的，那就算你倒楣。快把我放回架上……」

奧斯卡一時間無法拿定主意。波依德說的有道理，他很篤定：醫族男孩果然忍不住想聽聽波依德的條件。

「好吧。」奧斯卡終於說，「您想怎樣？」

「我已經說過了：我幫你一個忙，你也幫我一個忙。」

「什麼忙？」奧斯卡快失去耐心了。

「哇嗚，這小鬼脾氣好壞喔！」

「如果您繼續耍把戲，我就把您放回該放的地方：不是藏書室，而是客廳的壁爐裡！」

他看起來火氣不小，波依德當真了，試圖平息玩笑。

「好，好，沒事，別氣啦！」

這位作者竟然軟化態度哄他！奧斯卡懂了：波依德的確需要他，就跟他需要波依德一樣。

「很簡單，」波依德再度提筆，盡量避免在書頁上滴下太多墨水漬：「我很願意幫你讓魔法書開口，但是你呢，作為回報，你要把我弄出這裡！」作者用粗體大字寫道。

「弄出這裡？那您想去哪裡？」

「我想要你把我帶在身上……進入一具體內。」

「什麼？！入侵體內？為什麼？」

「因為我在很多年前就死了，而我非常非常渴望重回身體之內！我要你在入侵體內的時候帶我一起去！」波依德重複，像個小孩一般耍起性子，「而且不只我一個！」

最後那句話讓奧斯卡大吃一驚，把這個要求反覆看了好幾次。

「『不只我一個！』，這是什麼意思？」

「艾絲黛．佛利伍德也想進入體內旅行。她也很懷念那滋味。」

「從什麼時候開始，您竟然去管佛利伍德夫人懷念什麼？」

「情況不一樣了。」波依德坦承，「但這又不關你的事！你一直問我要你幫什麼忙，現在你知道了！」

「但是我做不到！」

「為什麼？」

「因為不能這樣……帶著書本進入體內！」

「別把我當傻瓜，奧斯卡．藥丸！讓我提醒你：儘管我已經死了，我畢竟也是一名醫族！我完全清楚什麼能做，什麼不能做。身上帶著書本，絕對是可以做到的！」

奧斯卡頓時語塞。整件事變得亂七八糟。基本上，波依德的要求並非十分困難；儘管一次帶兩本書有點佔地方，跟他的魔法書擠一擠，披風的大內袋還是放得下。話雖如此，他不知道魏特斯夫人會不會同意；何況，更重要的是，他不信任波依德。他需要進一步了解。

「侵入體內對您有什麼好處？」

「再告訴你一次吧：那種經驗讓我朝思暮想！那讓我想起過去的美好，還有……」

「還有……？」

「還有，我會覺得比待在這座書架上稍微更接近活著，就是這樣而已！」波依德潦草地亂塗一通。「你不一定要接受，但是記住：如果你要我幫你，就必須做到這件事。」

波依德不等男孩回答，啪的一聲闔上書頁。

奧斯卡了解波依德的個性，那傢伙可能會惱羞成怒；而如果他決定不再出手幫忙男孩，就不會再改變主意了。男孩又考慮了幾秒。說到底，先答應了也沒有任何損失。他之後再來告訴兩位朋友，隨時可以反悔。

於是，他還是翻開了《病族文選》。

「好吧！」他說，「我接受。但如果您不守信用……」

「我知道，你會把我丟進客廳的壁爐！很好，」波依德歡天喜地，「我等不及要出發了！什麼時候走？」

「現在還沒辦法告訴你：我不知道下一次體內入侵練習是什麼時候。」

「噢！不！」波依德忍不住咒罵，「絕不能等魏特斯那個老太婆──」

「您再用這種方式說她一次，我永遠也不會帶您走！」奧斯卡發怒了。

「好，沒事，沒事。這麼說好了，絕不能由老……呃，貝妮絲．魏特斯來決定我們能否成行。」波依德把剛剛寫的字眼擦掉，重新寫過。「艾絲黛和我，我們只想離開這間藏書室，所以，你只要把我們帶到庫密德斯會外面，隨便找具身體施展入侵術！這個計畫一石兩鳥：既能呼吸自由空氣，又能進入體內旅行！」波依德喜孜孜地做出結論。

奧斯卡猶豫起來。帶兩本書進入體內，這是一回事；把他們帶出庫密德斯會，不聽從魏特斯夫人指示，逕自施展入侵術，則又是另一回事。他想起那條適用於所有醫族的規範：絕不可在未向長老會報備的情況下進行體內入侵。

「快點，小藥丸。我聽見外頭有動靜，彭思就快回來了。你今天拒絕了，我不會給你第二次機會，別說我沒警告你！」

奧斯卡又考慮了一會兒，做出決定。

「好吧，答應了。我會來找您。」

「什麼時候？」

「由我來決定！」奧斯卡反將一軍。他可不想一路被牽著鼻子走。「下個星期我會試試看。」

「成交。」波依德妥協，「不過你最好別拖延，我的服務意願期限可並不長久。」

一件沉重的行李

奧斯卡急著上樓回房間，把他和波依德的談話告訴瓦倫緹娜和勞倫斯。

「這些書都好蠢。」瓦倫緹娜搖著頭宣稱。「我們呢，一心只夢想一件事，就是逃出體外；而他們卻想進去！你打算怎麼做？接受他的交換條件嗎？」

「我還不知道。」奧斯卡回答，「只有魔法書能告訴我父親的事。如果阿爾逢思對知識聖殿一無所知，而艾絲黛．佛利伍德又不肯再給我們任何資訊，那就只剩波依德能幫我讓魔法書開口了。」

「你為什麼不跟魏特斯夫人或大長老談談呢？」瓦倫緹娜問。

「他們完全不肯跟我談父親的事；而且，反正，如果我告訴他們說波依德『封鎖』了我的魔法書，波依德一定會反駁，然後他們絕不會相信我。」

勞倫斯原本靜靜在一旁思考，現在也來加入好友間的討論。

「那麼，假如波依德一開始就說了謊，其實根本拿魔法書一點辦法也沒有？」

「他不會冒這種險吧！」瓦倫緹娜反駁，「他很清楚，假如說謊，就要等著被扔進壁爐……」

「還是得試試看。」奧斯卡下定決心。「說穿了，我要做的，只是帶兩本書進入體內，沒什麼大不了……魏特斯夫人什麼也不會發現，大長老也不會，因為我會在庫密德斯會外面選一具身體，不會告訴任何人……」

「你打算怎麼進行？」瓦倫緹娜對這場冒險興致勃勃。

「這個週末，我會在巴比倫莊園找一位自願者。」

「假如沒有人願意當實驗品呢？」小女孩窮追不捨。

「其實不一定要經過同意。」奧斯卡微笑著回答。「我只要偷偷進入一具身體，不被那人發現就行了！」

勞倫斯同意奧斯卡的做法，也認為應該接受波依德的要求。但由於他講求邏輯，天生謹慎，所以，有一件「小細節」一直困惱著他。

「在沒有知會長老的情況下進行體內入侵，萬一出了事，」他說，「就沒有人能來救你了……」

「啊！當然有啦！就是我們！」瓦倫緹娜抓起勞倫斯的手臂，也沒問他意見，擅自斷定。「你總不會以為我們會讓他自己一個人去吧？他需要我們！我甚至有更好的想法！」她說。

「妳又有什麼想法？」奧斯卡不太放心。

「這個週末，我們跟你走，一起回巴比倫莊園！」

這一次，連勞倫斯都朝天空翻白眼。

「妳在胡說些什麼啊？！」黃皮膚男孩大喊。「奧斯卡不會在這個週末帶那兩本書回去施展入侵術！」

「是沒錯，但我們必須陪他回去，替他挑選願意把身體借給我們用的那個男人或女人。而且……而且……」

「而且妳超想出去的，這才是重點！」勞倫斯說。

「你喜歡一直被關在這間屋子的話，那你就留在這裡好了！至於我，我超渴望出去看看外面的世界！奧斯卡，」瓦倫緹娜哀求，「帶我一起回去！我們可以一起思索，用什麼方式回應波依德最好！也可以帶著書施展體內入侵，什麼都可以啦！我一定會很有用的！」

「總而言之，」勞倫斯插話；他開始後悔先前所做出的反應，其實他一點也不想獨自留下來度週末，「妳覺得我們該怎麼從這裡走出去，和奧斯卡一起上車，卻不被任何人發現？」

「相信我！」她轉頭望向房間中央那只打開的行李箱。

兩個男孩走過去。奧斯卡氣得跳腳：

「妳……妳竟然把我的行李箱清空了！我好不容易才把要帶回家的東西統統裝進去！」

瓦倫緹娜一點也不在意被醫族少年責罵，跳進箱子裡，一下子躺平，一下子彎起身子，抬起頭來，笑容滿面。

「你們看，輕輕鬆鬆就進來了，甚至還有空位分給你耶，勞倫斯！」

勞倫斯後退幾步。

「不！妳腦袋有問題！簡直瘋了！怎麼可以……」

「來啦！」瓦倫緹娜不死心，拉扯他的褲管：「來，至少試一下！」

勞倫斯想要後退，但瓦倫緹娜不肯放手。男孩往前跌倒，剛好翻進行李箱裡，整個人壓在小女孩身上。

「喂！不是這樣！」瓦倫緹娜大喊，差一點沒氣：「去我旁邊，不是我上面！」

奧斯卡大笑起來，努力想把勞倫斯拉起來，卻怎麼樣都沒辦法。這時，敲門聲響起。三人的嬉笑瞬間轉為驚懼。

「奧斯卡少爺？我是傑利，您準備好了嗎？」

「好了，呃，其實，還沒……」

奧斯卡才剛匆匆闔上行李箱，就看見門把轉動。門開了，出現在門口的卻是彭思。

「我又沒說『請進！』」奧斯卡氣沖沖地大叫。

「抱歉，奧斯卡少爺。」傑利回答，他在走廊上，站在彭思後方，距離一步左右。「不是我……」

「我知道不是您。」奧斯卡回應他，目光狠狠瞪著管家。

彭思似乎完全不把奧斯卡的指責當一回事，反而到處觀看，想打探出什麼似的。

「奇怪，我剛剛聽見房間裡有笑聲。」他緩緩地說。「我還正以為有人未經您同意就闖進來了呢！」

「是我在笑。」奧斯卡說。「不行嗎？」

彭思沒回答。奧斯卡垂下眼睛，看看行李箱，驚恐地發現瓦倫緹娜的紅髮辮露在外面。他在彭思和行李箱之間蹲下，盡量把那一截頭髮塞進箱子裡，然後鎖上。

傑利粗魯地把彭思一把推開，搶在醫族男孩面前。

「我能替您拿行李嗎？奧斯卡少爺？我想您家裡已經有人久等，時間差不多了。」

奧斯卡本來希望能拖延一下，迅速把瓦倫緹娜和勞倫斯放出來；但他還來不及開口，傑利就握住行李箱的把手，一把提了起來。大吃一驚的結果：儘管他一身肌肉，魁梧有力，還是踉蹌了幾步。

「咦？！」司機先生訝異：「這箱子第一次裝得這麼重！我簡直以為您把床鋪也搬回家了！」

他不囉嗦，立即使出全力，把行李箱拖到走廊上。一想到兩位可憐的死黨，困在箱子裡，像一袋馬鈴薯似地被搖來晃去，沿著樓梯一路顛簸，奧斯卡不禁咬牙做出個痛苦的表情，並且開始擔憂傑利把行李箱甩進後車廂那一刻……到了奇達爾街的家裡，他們一定會笑鬧著比誰身上的瘀青比較多！他也想像著：當媽媽發現有兩個孩子陪兒子回家，會出現什麼樣的反應。

他認為先忘記這些未來的煩惱比較好：眼前的問題已經夠多了，必須祈禱在抵達巴比倫莊園之前，一切順利無事。

彭思走出房間，奧斯卡緊緊跟著他。男孩只有一個心願，希望管家千萬別起疑，不要打探行李箱裡裝了什麼。下樓時，奧斯卡超前管家，黏在揮汗搬運重擔的傑利身邊。只有這一次，奧斯卡慶幸彭思教養不好，沒有主動去助傑利一臂之力。

可憐的司機好不容易走出門檻，一路拖著行李箱來到車子旁邊，奧斯卡總算鬆了一口氣。不過，直到車門關上，發動駛出，他才真的放心。

車子越過整座城，他們天南地北地閒聊。奧斯卡小心迴避行李的話題，想盡辦法分散傑利的注意力。總算，在好幾排屋頂後方，他看到巴比倫莊園的磚紅鐘樓了。

幾分鐘後，他們抵達奇達爾街。薇歐蕾衝下階梯，撲到弟弟身上，手裡捧著一大堆奇怪的圖畫和她的新發明。媽媽則只是微笑，給他一個緊緊的擁抱。

「謝謝。」奧斯卡對傑利說。司機先生把行李抬進玄關放下——不如說是任憑箱子倒下。「不麻煩您抬到我房間了，傑利。我就在這裡整理，裡面有一大堆髒衣服，我直接拿去洗衣間比較快。」

「就在玄關整理？」賽莉亞驚訝地問。

一般來說，平時的情況正好相反：奧斯卡經常責備媽媽有點凌亂不整齊，房子雖然乾淨，卻到處堆滿東西。

傑利不請自走，以最快的速度道別消失。

「好了，那麼，假如這裡面都是你的髒衣服，就趕快打開拿出來。」賽莉亞說著彎下腰去。

「不！」奧斯卡衝口大喊，阻止媽媽，「不，放著，我來就好，我保證，我……」

行李箱殼上傳來捶打的聲響，打斷了奧斯卡的話。賽莉亞擔心地檢查起箱子。薇歐蕾不在行李箱附近，正專心整理那堆藝術作品：全都是畫給奧斯卡的，每一幅所使用的材料都超乎想像。她並沒有碰到箱子。那麼，只有一種可能了：捶打來自箱子內部。她直視兒子的臉；那種眼神男孩再熟悉也不過，意味著：「奧斯卡，給我一個解釋。」問題是，他不曉得該從哪裡開始解釋……悶悶的吶喊尖叫連串響起，促使他做出個決定。薇歐蕾從畫堆中抬起頭，露出興奮的笑容：

「哇！你帶回了一個會說話的行李箱！這個點子超酷！」

賽莉亞蹲跪下來，打開小鎖頭。上蓋自動掀開，露出兩顆蓬頭垢面的腦袋，活像來自另一個星球的殭屍。

賽莉亞目瞪口呆，薇歐蕾的笑容仍掛在臉上，從旁探頭觀看，一句話也沒說。結果還是勞倫斯率先清醒過來。

「親愛的夫人，」他的開場白禮貌周到，「感謝您親切地接待我們。」

面對眼前酷炫得令人難以置信的這一幕，賽莉亞實在不知道該如何回答，最後大笑出來。

「別客氣，親愛的先生。」她模仿勞倫斯的語氣回應。「只有一件小事：我想我並沒有邀請你們。不過，還是非常歡迎。既然小犬未曾事先通知，能否請兩位告訴我你們是何方神聖？」

「我叫勞倫斯，我是……是……」

勞倫斯用眼神詢問奧斯卡。他能說到什麼地步？奧斯卡的母親懂得多少？突發事件一樁接著一樁，孩子們根本沒時間擬定一個周延的計畫！這時，瓦倫緹娜也坐起身。

「而我，我是瓦倫緹娜。其實真名是小紅三四—四六—三五的二十次方，不過您可以叫我瓦倫緹娜，這個名字比較好記。」

「謝謝。」賽莉亞回應，瞪著兒子，眼神愈來愈陰沉。「的確，小紅三四什麼的，實在不是很方便。奧斯卡，我想，我們應該兩人私下談談。」

薇歐蕾跑到瓦倫緹娜面前，衝著她咧嘴給了一個大大的笑臉。

「我好愛妳頭髮的顏色！」她熱情地說。「酷斃了！我有紅色的鞋子，妳喜歡的話，我可以借妳。」

「我呢，」瓦倫緹娜受寵若驚，「我愛死了妳嘴裡這些鐵圈。」她說著，敲敲薇歐蕾的牙套。「而且，需要補充鐵質的時候，這個超實用的。我呢，我就必須隨時吃一點，才能保持活力！」

奧斯卡走到母親身邊。

「媽，我會全部解釋清楚的。」

「哇！說真的，真是太感謝你這麼好心。」

「拜託啦，可不可以讓瓦倫緹娜和勞倫斯留在這裡度週末？他們不能回去：要是妳把他們送回庫密德斯會，布拉佛先生一定會把他們遣返回黑帕托利亞，那……」

賽莉亞伸出食指放在兒子嘴唇中間。

「停，小伙子，我什麼也沒聽懂。所以，首先，薇歐蕾，妳的新朋友要睡在妳房間，然後，順便帶勞倫斯去弟弟的房間。」

奧斯卡跳起來，摟住媽媽的脖子，然後準備和其他孩子們一起衝上樓。賽莉亞揪住他的火紅亂髮，把他拉回來。

「我剛剛說的是：薇歐蕾。至於你，跟我來廚房：你還欠我幾句稍微比較有條理的說明。」

當奧斯卡總算把勞倫斯和瓦倫緹娜出現在人類世界的來龍去脈解釋完畢，做媽媽的嘆了口氣。

「假如我理解得沒錯，我成了醫族兒子的共犯了。而我這個兒子做出了史上最不守秩序又無法無天的事！所以，你永遠都不會改，是嗎？奧斯卡？但是這一次的麻煩，又該怎麼解決呢？」她霍地從椅子上站起來，雙手扠腰，東張西望。

「好吧，現在有個緊急狀況：找到鐵來給那個小女孩吃！至於那個男孩，我不太清楚該給他吃什麼；還該準備怎樣一頓大餐，才配得上你們這一梯夏令營隊！我只能趕快出去買菜了！」

奧斯卡笑了起來。

「媽媽，這一次，漢堡肉配薯條，總算會是完美組合。」

「太好了，我實在不想做別的東西。」賽莉亞回答。「在那之前，別自找麻煩，不要讓你的紅朋友和黃朋友造成整個社區的騷動。萬一有人問起我兒子的新朋友，我可還沒想好該怎麼回答……清楚嗎？」

「很清楚。」奧斯卡立正站好，點頭答應。

到了晚上，屋子變成一個不折不扣的營地。

薇歐蕾把床讓給瓦倫緹娜；紅血球小女孩成天跟男生混，現在終於結交了個女孩子，真的很開心。雖然奧斯卡的姊姊似乎比其他人類還要更奇怪。但她覺得薇歐蕾很有趣，總發表古怪的看法，還有一身五彩繽紛的裝扮，逗得她哈哈大笑。比起其他她（極少數）遇到的，或偷偷觀察到的人類，例如彭思或布拉佛先生，薇歐蕾要有意思多了。

大半夜裡，薇歐蕾決定觀察月亮，捕捉潔白的月光，「因為月光比燈泡甚至太陽的光美麗多了。」奧斯卡的姊姊解釋。瓦倫緹娜長期被關在跨界大水網；逃離彭思的身體之後也僅與勞倫斯分享衣櫥空間，從來沒有見過月亮。她穿著睡衣，躺在薇歐蕾旁邊，兩個小女孩聊了千百種滑稽好笑的事，自然得如多年老友。的確，在現實世界裡，薇歐蕾有如一個外星人，而瓦倫緹娜剛好來自另一個世界。兩人都和歡樂谷（以及地球任何一個地方）其他小女孩非常不一樣，而她們卻不覺得這種不一樣有何值得大驚小怪。薇歐蕾很高興知道：這世界也可能存在這麼個與她年紀相仿的女孩，能懂她，接受她，而且最重要的，也很搞怪。多麼難能可貴！

要不是賽莉亞威脅說要把兩人分開，她們真想就這麼聊一整夜。

勞倫斯則很快就在奧斯卡的房間找到幸福：書架上擺滿了書！奧斯卡也曾努力邀他一起打電動，但是沒用。幾秒鐘之後，勞倫斯就丟下遙控桿，埋頭在一本只看了幾頁就深深著迷的小說裡。

「《地心歷險記……》」勞倫斯打趣說，「這個叫儒勒．凡爾納的傢伙是誰？他寫的玩意兒是很不錯，不過，應該告訴他：人體內部要更精采多了！這個人，可惜他不是醫族，要不然，從體內歷險回來之後，應該有一大堆故事可說……」

「現在告訴他有點太晚了。」奧斯卡回答，「他已經死了。」

「太可惜了！」勞倫斯嘆了口氣。「嘿！那這個呢？這是什麼？」

「蜘蛛人啊？你竟然不知道蜘蛛人？天啊！你生活在什麼鬼地方啊你！」

「黑帕托利亞啊！」勞倫斯正色，一本正經地回答。「那個蜘蛛人是在講什麼？」

「那是一個英雄的故事。他一半是人一半是蜘蛛，把紐約市民從壞人手中拯救出來。棒極了！」

勞倫斯不再說話，開始讀第一冊。小黑帕托利亞男孩閱讀的速度快如閃電，令奧斯卡大開眼界；不過他十分能體會好友從閱讀中所得到的喜悅。勞倫斯一口氣讀完五冊才抬起頭。

「很好。」他宣布。

「不。」奧斯卡反駁，「那不叫很好，是棒極了！」

「是棒極了，但是並不存在！我呢，我認識一個男孩，他生活在真實世界，但他的能力比蜘蛛人更厲害……」

「誰呀？」

勞倫斯透過眼鏡上方瞪他。

「就是你呀！狡猾鬼！」

奧斯卡聳聳肩。首先，在他心目中，沒有人能跟蜘蛛人相提並論，儘管那是一個虛構人物。多虧了蜘蛛人，他才開始對閱讀感興趣。此外，他也認為，認識魏特斯夫人以來，他這些能力並沒有什麼特別。他覺得這其實很正常：父親仍是他的楷模，他只想做到跟他一樣好，讓父親為他在醫族的表現感到驕傲。

「你知道發生在你身上的這一切多奇妙嗎？」勞倫斯又說。「你和所有人一樣，跟家人朋友住在這裡；卻能去庫密德斯會進行了不起的學習，同時，你又能進入人體，在另外五個小宇宙旅行，發掘沒有人知道卻確實存在的事！」

「到目前為止，我還在嘗試帶回第一項戰利品。」奧斯卡自覺面上無光。

「你差一點就一舉成功了。奧斯卡，你真的是個不可思議的傢伙耶！難道你不覺得？」來自另一個世界的男孩問。

奧斯卡搖搖頭。

「我什麼也沒做，我只不過……只不過是一名醫族罷了。」

「對，但這樣已經很不得了了。」勞倫斯回應。「而且你們人數並不多，是爸爸告訴我的。人們需要你們。在這裡，地球上，人們需要你們來救人；而在五世界，我們更需要你們進入體內，幫我們。」

奧斯卡沒回答。他憶起魏特斯夫人，還有莫倫・茱伯特對他父親的評論：他為人類做了許多偉大的事。現在，責任輪到他身上了，而不管勞倫斯怎麼說，他都覺得自己好渺小。但同時，他又比任何時刻都渴望堅持完成他的醫族之道。

「不過，這些蜘蛛人的故事的確很好。」勞倫斯再次埋頭閱讀。「甚至可以說是非常好，雖然這並不存在。」

「好囉，」一個女性的聲音從門另一邊傳來，「蜘蛛人要關掉這個房間的速成燈光了，要不然，屁屁挨打的滋味可是貨真價實的。」

賽莉亞把門打開一條縫，男孩們連忙溜上床。奧斯卡爬上書桌上方的高架床，勞倫斯則睡在地面的臨時充氣床墊上。

「這還是比衣櫃裡的毯子好多了。」他說著跌入夢鄉。

隔天，第一道陽光穿透玻璃窗，孩子們就起床了。他們跑下樓吃早餐；賽莉亞還來不及阻攔，四人已經到巴比倫莊園的街道上閒晃。

不過，賽莉亞早已和他們約法三章：就說瓦倫緹娜和勞倫斯是來自英格蘭的遠房親戚。他們的父母都是些有點奇怪的人，女孩都要把辮子染得鮮紅，男孩的皮膚都是些稀奇古怪的顏色，就這樣。

「尤其尤其要注意，」賽莉亞強調，「不需多加解釋。你們說得愈少愈好。」

孩子們之所以急著出門，也是因為一大清早，一輛跑車就在大街上按喇叭，喇叭聲拉得好長，彷彿駕駛坐在方向盤上似的。奧斯卡從床上望出去，立即認出那輛車，這一天開始得真不順利。而當孩子們下樓到廚房時，奧斯卡和薇歐蕾竟發現那個討厭的黏皮糖巴瑞．赫希萊正搭在媽媽身上。雖然知道他對她很有風度，送她各種漂亮的禮物，帶她上餐廳，他們仍無法相信她能跟他共度美好的時光。賽莉亞花了不少時間對他們解釋，他們的父親在她心目中的地位無人可取代，但她需要多與人群交際。

「但為什麼選他？」奧斯卡氣沖沖地大喊：「他太遜了！」

「奧斯卡，拜託！」母親斥喝他。「你根本沒試著了解他，一點機會也沒給他。」

「給他什麼機會？」他吼得更大聲了，「等他變得既友善又聰明？哈！那我可真要大吃一驚了！他永遠只會說：『嗯？』！」

然後他就跑出去了。從那次之後，他們再也沒談論過這件事；但只要巴瑞來探訪媽媽，孩子們就避免待在家裡。

這天早晨，奧斯卡一瞥見巴瑞魁梧的身形出現在廚房裡，便猶豫了起來；但瓦倫緹娜、勞倫斯和薇歐蕾在後面推他，四個孩子一起踉蹌跌入廚房裡。薇歐蕾哼起小曲，目光使終沒離開那高大金髮的男人。勞倫斯摘下眼鏡擦拭，瓦倫緹娜皺起眉頭。

「我不知道他是誰，」她在奧斯卡耳邊悄聲說，「但我已經知道我並不想知道！」

巴瑞轉過身來，驚訝地吹了聲口哨。

「嘿！賽莉亞，妳一個晚上就多生了兩個孩子還是怎樣？嗯？」

說完這個冷笑話，他便自己愚蠢地格格發笑。由於只有他一個人笑，他還以為不加強效果不行。

「不管怎麼說，他們都有色彩方面的缺陷！」

賽莉亞尷尬不已；在她提起勁為大家準備早餐時，孩子們寧願坐下來空等。勞倫斯要爬上高腳椅有點吃力，巴瑞想幫他，並對他擠眉弄眼。

「呃，小伙子，該想辦法把這些都減掉啦，嗯？」他說著，掐掐男孩的肥肚。「注意囉，這件事吃義大利麵當早餐可解決不了喔！」

「巴瑞，拜託你……」賽莉亞只能這麼說。

「嗯？拜託什麼？我說了什麼？」

「你說了所有你會說出口的話。」奧斯卡嘟噥。

巴瑞沒聽見他說什麼，繼續大笑得如雷鳴一般響亮。勞倫斯不敢頂嘴，黃色的臉逐漸轉成橘紅色。賽莉亞依據奧斯卡的建議所為他準備的早餐，他幾乎一口也沒碰。醫族男孩對巴瑞投以憤怒的目光，也順便瞪了賽莉亞一眼。他們匆忙結束早餐，然後大家都站起來，鬆了一口氣。

當他們已經跑到花園盡頭，奧斯卡聽見媽媽大喊：

「奧斯卡，你們別太晚回來！」

「晚上見！」奧斯卡頭也沒回地喊了一聲，心裡祈禱回家時那粗野的傢伙已經離開。

四個孩子歡樂地沿著街走。

勞倫斯和瓦倫緹娜睜大眼睛，望著那些從來沒見過的東西：一排排整齊的房屋，五顏六色的牆面，人們和他們的族群如此不同，在人潮中困難穿梭的汽車，處處噴發的笑聲和叫喊。鄰居們探出窗外，把手圈在嘴邊呼喚藥丸家的孩子：

「日安，紅毛小鬼們！你們的暑假過得怎麼樣啊？這陣子不太常看到你耶！奧斯卡！」

薇歐蕾對所有遇到的人打招呼；奧斯卡則還受到巴瑞「嗯嗯」現身在家裡的不愉快干擾，回應起來有點懶散零落。一陣比較響亮的呼喊把他從思緒中拉出來：同班同學傑瑞米．歐馬利朝他奔來，很快地，他的哥哥巴特也追上了。

「奧斯卡！太酷了！」傑瑞米歡呼。「好久都沒看見你了！這個週末你會待在奇達爾街嗎？」

「對，我帶了兩個……表親回來。瓦倫緹娜和勞倫斯。」

傑瑞米對男孩點了點頭，對瓦倫緹娜則露出微笑。看得出來，他很驚訝。

「我都不知道你有表親。他們……他們跟你長得不怎麼像耶！」

「是不像。」奧斯卡坦承。他覺得聽從媽媽的建議，不要太深入這個話題比較好。「他們是遠親。」

「幸好奧斯卡遇見了他們，他們變近了！」薇歐蕾補充，對自己的說明感到很滿意。「所以他們不再算是遠親了！」

「好啦，薇歐蕾，夠了。」奧斯卡連忙對姊姊說，生怕她一個不小心說溜嘴。「你們今天要做什麼？」

「我們正想來邀你們去巴比倫公園玩。」

「嘿！」奧斯卡發現不對：「你今天不去雜貨市集工作？生意不好嗎？」

傑瑞米大笑。

「你有毛病啊？生意好得不得了！順便說，我之所以邀你去公園，正是因為我在那裡舉辦一場園遊會，抽獎，飲料，蛋糕，什麼都有！」

「我來猜猜，」奧斯卡說，「蛋糕是歐法努達奇斯太太做的，飲料是你爸媽提供的，至於抽獎遊戲的獎品，都是你市集裡賣不掉的東西……」

對著奧斯卡對他伸出的手，傑瑞米用力拍了下去。

「而獎券的價格比那些沒賣出去的東西還貴，想也知道！你好棒，奧斯卡，全都懂了。我們該結盟合作的，說真的！」

孩子們都去了園遊會，開心地玩了一上午。傑瑞米送瓦倫緹娜一張獎券，她抽中一個開瓶器——其實拉不出任何瓶塞，但可以變身一支鋼珠筆。她東看西看，檢視了好久，仍搞不清楚這玩意兒有什麼用，但最後還是對傑瑞米說了謝謝。

奧斯卡和巴特參加了一場跳袋競賽。在兩次賽事之間，奧斯卡瞥見艾登．史賓瑟：那個害羞的男孩，上次下課時間奧斯卡為保護他而跟摩斯起了衝突。奧斯卡還沒忘記事情最後是怎麼收場的：他被留校察看了兩小時。為此，他對史賓瑟仍耿耿於懷。

史賓瑟朝他走來，眼神閃躲。

「嗨！奧斯卡！」

「嗨！」他冷冷地回應。

「你參加比賽啊？」男孩問，一臉羨慕。

「對啊！你不參加嗎？也是，想玩這個要夠種才行。」他尖酸地報復挖苦。

「我……我不能參加。」史賓瑟滿臉通紅。「醫生不准，他說這太危險了。」

奧斯卡猛然想起那副護甲，史賓瑟戴著的一大片石膏，用來保護脊椎和背部。他真後悔剛才說了那些話。輪他上場了：他離開史賓瑟，出發參加比賽。等他比完，那位瘦小的同學已經不見蹤影。

巴特和他找到其他人，大夥一起去吃古里諾先生烤的巨無霸披薩——想也知道，披薩的份量比傑瑞米能賣給選手的多太多，於是孩子們得以大飽口福。但瓦倫緹娜除外，她一看到番茄就受不了。

「我會覺得好像喝了一點跨界大水網的河水，或者啃了一口紅血球！」她露出嫌惡噁心的臉。

「哪裡的河水？啃了一口什麼？」傑瑞米塞了滿嘴，詫異地問。

「那是一條穿越她老家城市的河流。」奧斯卡連忙替她回答。

「在妳老家的城市裡，每個人的頭髮都……像這樣？」傑瑞米拿他那塊披薩的尖角指著女孩的腦袋。

「對，每個人都是。」瓦倫緹娜回答，伸手把玩一條辮子。

用過餐後，巴特邀薇歐蕾划小船繞湖一圈。兩人回來時，薇歐蕾全身都濕透了，大男孩則一臉抱歉。

「她想知道湖底是不是也是濕的！所以就掉下去了，不過我馬上就把她救上來了。」巴特請求原諒。

奧斯卡安慰他：他了解自己的姊姊，這不是她第一次搞怪，也不會是最後一次。薇歐蕾扭乾紅髮辮子；對這次經驗似乎十分歡喜：就算在很深的地方，湖裡面也的確是濕的……瓦倫緹娜來幫忙她把身體晾乾，勞倫斯則針對液體、固體和氣體展開一場複雜的說明。

「你那兩個表親果然奇怪。」傑瑞米想追根究底，眼神幾乎把奧斯卡看穿。「那傢伙，他為什麼全身都黃成這樣？還有那顆腦袋，圓滾滾的，跟他的肚子一樣……」

為了蓋過音樂，傑瑞米講得很大聲。勞倫斯轉頭看他，站起身來。臉上籠罩一層陰霾。

「在黑帕托利亞世界，我這樣的身材代表健康良好。如果我長得像你一樣，瘦巴巴的，就會被禁止工作。可是不會被批評。在你們這裡，只要長得跟大家不一樣，就是醜，就不好。而且還會被你們笑。」

奧斯卡從來沒看過勞倫斯如此激動：身體顫抖，連聲音也是。他想替傑瑞米打圓場，但勞倫斯不給他開口的機會，對著小愛爾蘭男孩繼續說：

「到了我們的世界，」小黑帕托利亞人說，「長相不正常的是你。可是我們不會嘲笑你。你沒有比別人不好，也沒有比別人好：只是不一樣。僅此而已。不一樣。」

說完，勞倫斯走遠，躲到一棵樹下看書。傑瑞米左顧右盼，十分尷尬。奧斯卡也氣他傷害了勞倫斯。

「他有點神經過敏，對吧？」傑瑞米說。

「不，」奧斯卡氣呼呼地回應。「他只是跟你不一樣。你啊，別人笑你的時候，你不在乎，但他不一樣。僅此而已。」

他去找姊姊和瓦倫緹娜。

「回家了。」醫族少年以命令的口吻說。

兩個女孩立刻抗議。

「這麼快？可是我們覺得這裡很好玩耶！巴特把我們扛在肩膀上，我們還摘到很高的樹枝上的櫻桃，還有——」

「回家。」奧斯卡命令。

他走到勞倫斯身邊。男孩靜靜站起身，走在他們一群人最前面。

一路上，女孩們如兩隻燕雀吱喳不休，勞倫斯卻一言不發。他低著頭往前走，彷彿有一股巨大的重量壓在肩頭。

呼。

晚上，賽莉亞為他準備的餐點他幾乎沒碰，很早就上床了。奧斯卡回到房間時，他已經在打呼。

直到奧斯卡也睡著之後，勞倫斯才睜開眼睛，不再裝睡。夜裡，有一大段時間，他始終透過微敞的窗扉，盯著天空裡的星星。一直到很晚很晚，才撐不住疲累，跌入夢鄉。在那之前，大山的風景浮現腦海。他這才發現：他的世界，那裡的人們，還有他們的習性，都讓他好想念。

伸入手套，逮個正著

隔天早上，孩子們歪趴在桌上，個個都有黑眼圈。奧斯卡疲累，是因為在庫密德斯會度過忙碌緊湊的一星期；勞倫斯則是幾乎一夜未闔眼；至於兩個女孩，她們不顧賽莉亞的威脅，仍聊到很晚很晚。賽莉亞為他們準備了豐盛的早餐。勞倫斯的胃口恢復不少，賽莉亞總算放心了些。

「孩子們，今天早上收到一個包裹，是給你們的。我在屋子門口發現的，上面還釘了一張厚紙板。」

奧斯卡拿起厚紙板來看，立即認出筆跡：

「來自傑瑞米雜貨市集的讚美。」

他拆開包裹，各種糖果、巧克力和點心從裡面滿了出來。另外還有一個小包裹指名給瓦倫緹娜，裡面有一支草莓色的口紅，包在一張紙裡。奧斯卡讀出紙上寫的字：

「用來搭配頭髮。」

最後，在箱子底部，奧斯卡找到一只信封，交給勞倫斯。

「喏，」他說，「這是給你的。」

「給我的？？」

勞倫斯打開信封，拿出一系列圖片。

「這是誰啊？」男孩把第一張圖遞給奧斯卡，繼續看第二張：「啊！有了：蜘蛛人，那個半蜘蛛半人的傢伙。」

其餘的圖片則全部遞給好友。

「我一個也不認識。」

「這個，這是阿梅德，是我們班的非洲同學。」

「那個呢？頭上頂著草帽的？」

「那是辛普森家族的成員，卡通人物，很好笑的。」

勞倫斯搔搔頭。

「他寄這些給我做什麼？」

奧斯卡翻過最後一張圖片，遞給好友。勞倫斯大聲唸出上面的兩行字：

「他們每個都不一樣，我每個都愛。

傑瑞米」

勞倫斯微笑起來。奧斯卡覺得他臉上的疲憊和憂傷都突然飛到九霄雲外。

就在這個時候，門鈴響起。孩子們衝到窗邊。巴特和傑瑞米在人行道上等他們。傑瑞米騎了一輛好大的協力車，上面共有三個椅墊。巴特則在自己的單車後面掛了一台小篷車。

「女孩們，巴特邀妳們乘他的馬車兜風，而我則請男士們和我一起騎車！有沒有興趣？」

四個孩子齊聲答應，隨即跑出屋外。

瓦倫緹娜和薇歐蕾坐進化身為馬車廂的小篷車。當然啦，車廂被漆成雜貨市集的顏色，而兩側以白漆寫上了店名。從街道的另一頭遠遠地就能看見。

「總該給自己打個廣告嘛！對不對？」傑瑞米解釋。

男孩三人跨上腳踏車。勞倫斯不是個會記恨的孩子，昨天的事已成為過去式了。大家一起出發，在社區裡兜了一圈，不斷往後延，一直玩到午餐時間。

回家來後，等候賽莉亞為這一大群孩子準備餐點的時間，孩子們聚在花園裡閒聊。傑瑞米還是問出了那個從昨天就幾度衝口想問卻不敢問的問題：

「黑帕托利亞世界，到底是什麼？」

奧斯卡本想回答，卻被老友阻擋。

「別把我當笨蛋。」傑瑞米強調。「我不是天才，但是好歹……你會相信嗎？你？有一個城市，那裡所有的人都有一頭紅髮和黃皮膚？」

他轉身面對兩位新朋友。

「你們既然已經起頭了，就應該繼續。現在，請說。我們絕不會告訴任何人，嗯？巴特？」

他的哥哥用力點點頭，並且站起身。

「如果你們不想讓我聽的話，我可以出去騎一圈再回來……」

「留下來吧！」到目前為止都沒發言的勞倫斯開口。「比起傑瑞米，我還比較相信你……」

「什麼？」傑瑞米忿忿不平地喊道。「我可是守口如瓶的，我！大家都知道，遠近馳名！」

奧斯卡斜眼打量他。

「好，好嘛！」傑瑞米坦承，「不是每一次。但事關朋友的時候，我一定會閉嘴。而且，」他的臉上閃過一絲狡猾的神情，「知道了事情的來龍去脈之後，我可以幫忙你們。」

「誰說我們需要你幫忙？」瓦倫緹娜問。

傑瑞米背靠著一棵樹幹，充滿自信。

「因為，人們永遠需要不可或缺的傑瑞米！說吧！」

「哇！」

聽完孩子們敘述之後，傑瑞米只說得出這個字。很難說哪一個部分最令他驚奇：好友的特異功能、兩名新夥伴的來歷，還是現在的狀況。不得不說，現在的狀況並不單純：奧斯卡把勞倫斯和瓦倫緹娜藏在藍園的一棟豪宅裡，還遭到一本書的作者威脅，與他訂下約定……

「總而言之，」傑瑞米好不容易恢復，又接著說：「這一切，能讓我們大賺一筆，夥伴們！我們可以替奧斯卡開一場表演，他在觀眾群中隨意點一位上台，然後進入他的身體！然後，你們兩位，就演他上次旅行帶回來的外星人！」

「你要幫我的話，有個更好的方式。」奧斯卡回答。

「怎麼說？」傑瑞米問，提防著。

「他需要一名志願者，讓他帶著波依德和佛利伍德的書侵入體內。」勞倫斯說，「你或許不錯——」

「噢，不！想都別想！」傑瑞米立刻打斷他。「我才不要讓我最要好的朋友進入我的體內，看到裡面的狀況。」他拍拍胸口。「尤其不想被進到這裡面！」他又用手指著肚子說。

「太棒了！」瓦倫緹娜嘲諷：「在你們這裡，所謂的朋友，就是這樣！」

「我很願意，如果這樣能幫到你們的話。」巴特自告奮勇。他總是隨時伸出援手。

傑瑞米考慮了一會兒。

「我有一個更好的主意。」他說。「最理想的方式是，找一個不是真的出於自願的志願者，因為他連發生了什麼事都不知道。我有一個人選，正符合你們的需要。」他自信滿滿地說。

「你想到誰了？」奧斯卡問，一面監視著廚房的動態，擔心突然看見媽媽朝他們走來。

醫族少年擔心賽莉亞聽見他們的討論。顯然地，他把勞倫斯和瓦倫緹娜的事都告訴她了；但是對於沉默的魔法書、父親事蹟的搜尋以及跟波依德訂下「契約」之事，全部隻字未提。當然也沒說到知識聖殿：這個秘密只有勞倫斯和瓦倫緹娜知道。

傑瑞米故意製造一陣懸疑氣氛，終於決定公布答案。

「帕華洛帝。」他簡短地說。

薇歐蕾原本在巴特擔心的目光下跟一隻蚯蚓聊得盡興，聽到這話，忽然抬起頭來。

「帕華洛帝？巴比倫莊園公園裡那個流浪漢？」

「絕對正解。」傑瑞米證實，「就是他本人。」

帕華洛帝是一個醉漢，常在社區裡徘徊，大家都認識他。他應該另有一個真正的名字，但之所以會被這麼喊，其實有個令人憤怒的理由：每到晚上十一點，他就站上公園中央一張長椅，殺雞般地大聲唱起歌劇，直到昏睡倒下，一睡就是十小時！而整個社區的人卻全都被他吵醒了！每天晚上，準時開唱，從不缺席。

「但為什麼選中他？」瓦倫緹娜問。

「因為他唱完歌劇之後，」傑瑞米回答，「總睡得非常熟，連在他耳朵旁邊吹喇叭都吵不醒！」

勞倫斯以一貫的合理邏輯發言。

「有一個小問題。」他說。「這個帕華洛帝人在巴比倫莊園。而我們卻在藍園。奧斯卡只有週末才能回到這裡，如果把藏書室的兩本書帶出外面，經過一整個週末，布拉佛先生一定會知道。」

「別無選擇。」奧斯卡做出結論。「必須趁夜，在藍園附近進行。」

傑瑞米不太滿意，沉吟了一會兒。

「如果你們不能來找帕華洛帝，就必須讓帕華洛帝去找你們……但是該怎麼做呢？我很願意請他去藍園睡，但不知他肯不肯。」

「既然他愛喝酒，只要答應給他一瓶酒不就好了？」瓦倫緹娜提議。

「我的店是一家雜貨市集，」傑瑞米反駁，「不是酒吧！無論如何，他都不會動，永遠不會離開巴比倫公園那張長椅的！」

「好可憐。」薇歐蕾真心感到難過。「他為什麼不會動？缺了腿嗎？也許我們可以用巴特的馬車幫他……」

瓦倫緹娜笑起來。

「不，薇歐蕾，傑瑞米的意思不完全是那樣。」

「不過她說的有道理啊！」奧斯卡想到愛作夢的姊姊所說的話，不禁嚷起來。「傑瑞米，你剛剛說過，他唱完歌後就會睡得不省人事，怎麼也叫不醒，對吧？」

「對，可是……」

「那就只要趁那段時間把他抬進巴特的小篷車！巴特，你認為，接下來，你能載得動熟睡的帕華洛帝，一路騎到藍園來嗎？」

巴特望見薇歐蕾充滿期待的目光，於是露出一個大大的微笑，繃緊他強壯的二頭肌：

「噢！」他聳聳肩，「應該沒問題。不管怎樣，試試無妨！」

「最後一個細節，」勞倫斯強調，「你們兄弟倆，要怎麼在大半夜裡溜到外面？」

「這個不成問題：十天後，我們倆都要去奶奶家過夜，因為我們的爸媽都要去聽愛爾蘭合唱團演唱，在柏新頓山莊。那天是星期三。我奶奶耳朵聾，什麼也聽不見。我們已經翻牆好幾次，她什麼也不知道……」

「星期三，我不能陪你們去。」薇歐蕾十分遺憾，「那是我數星星的日子……」

「沒關係。」巴特回應，「我們改天再坐馬車去逛。也不一定要在半夜出來。」

這時，他們聽見人行道上傳來一個聲響，就在附近，籬笆後方。傑瑞米跳起來，打開柵欄，跑了出去。他四處張望，不見人影；只來得及瞥見一輛單車的後輪，轉進一條橫向小街。

「我敢發誓，有人偷偷監聽我們。」他說，回到他們那一小群。

六個孩子圍成一圈，奧斯卡把手擺在中間的草地上。

「十天後，星期三，半夜，大家都跟帕華洛帝來？」

「我有更好的說法。」傑瑞米把手搭在老友手上。「星期三，大家都到帕華洛帝裡面來！」

其他夥伴也模仿他們：約已訂下，不見不散！

「嘿，孩子們！」賽莉亞沒來參一腳，反而從廚房窗戶大喊：「午餐好囉，上桌！」

一轉眼，午後時光就過去了。

出發前一個小時，這次賽莉亞也在場，孩子們一起研擬返回庫密德斯會的對策：不但要把奧斯卡載回去，還有勞倫斯和瓦倫緹娜。

「我們不能再躲進行李箱裡嗎？」瓦倫緹娜提議。

「不。」勞倫斯說。「首先，被拖在樓梯上的時候，實在太痛了！」他指著黃皮膚上轉成綠色的漂亮瘀青說。「再說，萬一換成彭思來提箱子，他可能會打開檢查，或心生懷疑。」

「我們就這麼做吧！」奧斯卡建議：「一過了鐵門，你們就跑進花園，躲在吉祖後面，等我幫你們開廚房後門。」

黑帕托利亞的兩名孩子點頭表示同意。

他們只來得及吃完點心，把行李——這一次裝滿了衣服！——擺進冬妮特的後車廂。經過幾個星期的調養，小車已從之前那場驚險刺激的賽車平復情緒。

他們在六點鐘左右發車：保證有足夠的時間趕在致命的七點鐘之前回到庫密德斯會。

賽莉亞把車停在宅院正前方。奧斯卡率先下車，擁抱了母親，然後取出鍊墜感應，雕花鐵門開啟。他在石子路上走了幾步，發現吉祖的枝枒伸展在屋頂上方。他比了個手勢要它過來。於是樹幹緩緩地往花園門口移動。奧斯卡對著樹皮悄聲講了幾句話，吉祖便將枝枒往地面降下，直到觸碰到鐵門欄杆。

「可以過去了，孩子們。」賽莉亞對趴在冬妮特後座的兩個小孩說。

她把前座彎下，打開車門，勞倫斯和瓦倫緹娜一溜煙跑到鐵門，有吉祖的枝葉頂蓋為屏障。鐵門緩緩關上，他們躲進大橡樹的葉叢中；奧斯卡則提著行李箱來到庫密德斯會門口。

彭思替他開了門，一言不發地從男孩手中接過行李箱，朝樓梯走去。

「我要去廚房一下。」奧斯卡知會他，「我想找雪莉。」

「她今天晚上不在。」彭思用他那拖拉的語氣慢吞吞地說。「今天由我來準備晚餐。如果您願意，可以先跟我回您的房間；快到七點鐘的時候，我再來接您，去跟布拉佛先生到餐廳會合。」

彭思始終保持他的偽君子強迫症，用客套的修辭來掩飾命令；而奧斯卡偏不吃這一套。

「我餓了。」醫族少年宣稱。「我要去找點東西來啃。」

「再過不到半個小時您就可以吃晚餐了。」彭思以一貫的英式冷漠語氣責備他。

「好險。」奧斯卡回答，卻不肯讓步。「半個小時後我的肚子又會餓。」

他不等彭思回話，直接朝廚房走去。他知道管家一定會急著把行李放進他的房間，然後下樓來監視他，一直到晚餐前都不會罷休。所以必須動作快。

廚房裡一個人也沒有。他急忙跑去開通往花園的後門……卻錯愕地發現門上了鎖！他四處張望：附近都找不到鑰匙。難道彭思已經起疑了？想讓朋友進屋子來，他的時間不多了。他走到窗邊，透過吉祖的枝枒，瞥見兩人正注意等著門開。他對他們比了個手勢，要他們繞到前門去。

奧斯卡走出廚房，穿過大廳。樓上，彭思剛把他的行李放下，已經來到走廊上。男孩迅速把M字鍊墜貼在大門上；門一開，瓦倫緹娜和勞倫斯立即鑽進屋內。

奧斯卡抬眼往上看：彭思戴著手套的手已經搭在樓梯扶手上向下滑移。他把好友們推入客廳門後，三個人一起栽進去。

關上門之前，他剛好與管家四目交接：彭思看見他進來了。他很確定，再過一下，管家就會在這裡現身，給他一頓排頭，或責怪他為何跑到客廳來。該怎麼把兩個好友藏起來？

三個孩子都驚慌失措，東張西望。勞倫斯已經準備躲到一張長沙發後面，但奧斯卡拉住他，快步衝到五斗櫃旁的角落。他從抽屜裡拿出防火手套，急躁地在T恤下摸索，拉出鍊墜，放入火中。好友們在一旁看得怵目驚心。

「你在做什麼？」瓦倫緹娜簡直快抓狂。「你會……」

她話還沒說完，身旁的牆壁便開始滑動。奧斯卡用力把他們推進黃廳，跟維克多作伴。鳥兒吱喳亂叫，牆面闔上。

醫族男孩背靠著牆，喘了口氣。他聽見一聲狗叫：是勞斯還是萊斯？沒辦法，他永遠記不住魏特斯夫人教他的辨認訣竅。狗狗在他身旁坐下，楚楚可憐地望著他，嘴邊淌下一絲口水。他比手勢要狗狗安靜，並把牠就近推入沙發後方的籃子裡。另一隻狗不在；這太奇怪了：牠們向來形影不離的。不過，奧斯卡並沒掛在心上；這個時刻，他實在沒必要再把牠們弄來添麻煩。

客廳的門開了。

彭思一言不發地走進來，直接朝最裡面的壁爐走去。他仔細地到處檢查，宛如在尋找犯罪的蛛絲馬跡，完全無視於奧斯卡的存在。

「您在找什麼？彭思？」奧斯卡坐在沙發扶手上，諷刺地問。「您掉了什麼東西嗎？我可以幫您……」

此時的他很高興：不但妥當地保護好朋友，又能把總想挑剔他的彭思耍得團團轉，真是大快人心。

彭思正想轉身折返，卻聽見一聲狗叫。

奧斯卡轉頭看兩隻狗狗的籃子。籃子裡那隻半瞇著眼，似乎睡著了。剛剛叫的不是牠……奧斯卡抬起頭，心跳加速。第二聲狗叫響起，聽起來悶悶的；似乎來自……牆壁後方！醫族男孩連吞嚥口水都覺得困難。

男孩悄悄關注彭思的反應，覺得冷汗一滴滴從背脊流下。他盡量維持正常呼吸，什麼也不說。管家死灰般的眼神飄落他身上，隨即走遠。

彭思離開客廳後，奧斯卡長長地吁了一口氣。他跑到門邊，開一條縫偷看：大廳是空的，彭思應該已經去準備晚餐了。奧斯卡連忙朝壁爐走去，想把朋友放出來。這時，他注意到當初匆忙塞進抽屜的手套露出一截在外面。跟狗狗的叫聲一樣，這次也真好險，彭思都沒發現。

在他拿出手套時，客廳的門又開了。他匆忙把抽屜推上，直起身子，擋住五斗櫃。

魏特斯夫人面帶微笑地走進來。紅眼鏡後面的目光顯得特別閃亮。

「日安，奧斯卡。」她和藹地打招呼，並朝他走來。「在巴比倫莊園的週末過得好嗎？」

「很好。」他結結巴巴地說，「謝謝。」

「溫斯頓．布拉佛要我跟你們一起晚餐。」她迅速朝醫族男孩身後望一眼。「而且，我想，他已經在等我們了。我們一起去找他吧？」

奧斯卡點頭，卻絲毫沒有移動。

「咦？」魏特斯夫人驚呼了一下：「這座櫃子的抽屜沒關好！想必是我的錯，我是最後一個打開它使用手套的人。」她若無其事地說。

她試圖接觸奧斯卡的眼神，但男孩想盡辦法閃躲。

「一定是我，對吧，奧斯卡？既然只有大長老或其他長老會成員能進入黃廳。沒錯，」她說，「所以就是我了，一定是這樣。」

她彎腰去關抽屜，這時，又有一聲狗叫響起。奧斯卡閉上眼睛，心裡喊著完蛋。魏特斯夫人嘆了口氣，把手套拿出來。

當奧斯卡再把眼睛睜開時，牆面已經滑開。黃廳盡頭，瓦倫緹娜緊貼著牆壁，露出驚慌的眼神；而勞倫斯坐在椅子上，腿上抱著淌著口水的勞斯或萊斯。

魏特斯夫人禮貌地對他們微笑，轉身面向奧斯卡。

「我想，今天用晚餐的人數要增加了。」她說。「何況，若我沒猜錯的話，我們的神秘嘉賓可是遠道而來。」

奧斯卡嘆了口氣。門口，彭思挺立不動，嘴角揚起一絲笑容。

「要不是彭思發現事有蹊蹺，奧斯卡，你打算把這兩位朋友在庫密德斯會藏多久？」大長老問。

溫斯頓．布拉佛坐在自己的扶手椅上，魏斯特夫人則在書架附近，假裝查閱一本書。藏書室從來沒有這麼安靜過。奧斯卡站在大長老面前，彷彿受審的犯人，等著被判最重的刑。勞倫斯和瓦倫緹娜待在後方，畫像附近，感覺那些威名顯赫的醫族祖宗虎視眈眈地盯著他們。奧斯卡垂下眼，但並不後悔。那是自己做出的選擇，他已準備承擔一切後果。

「奧斯卡．藥丸，」溫斯頓．布拉佛的語氣是前所未有的嚴厲，「一名醫族絕不可對大長老有所隱瞞，更何況他還住在大長老家裡。你知道嗎？」

「是的，先生。我不想隱瞞您任何事，但是……」

「但是什麼？」布拉佛先生怒斥。

「……但是我怕您會把他們遣返回他們的世界。」奧斯卡坦承。

大長老嘆了口氣。

「你真的以為我什麼都不會知道？你該長大了，對自己負責一點。」布拉佛先生又嚴厲起來。「你不能因為不喜歡安全規範，想要帶體內世界的生物回我們的世界，就任意更改規矩！」

目前為止，瓦倫緹娜本來和勞倫斯縮在後方，此時，她往前站了一步，挺身為朋友辯護。

「不是他的錯，先生，是我們不對！」女孩高喊，「在他離開我們的世界時，我們抓住了他的披風。」

大長老站起身，彎腰看她。他魁梧的身形籠罩下來，小女孩不由得躲到勞倫斯背後。兩個孩子如風吹的樹葉，顫抖不已。

「小女孩，在我看來，妳也不太喜歡守規矩。要先經過我允許，妳才准說話！」

勞倫斯也奮力鼓起勇氣，以他一貫的態度，彬彬有禮地插嘴發言。

「先生，可否容我將事情的來龍去脈解釋給您聽？」

三個孩子都靜候大長老回覆。

「溫斯頓，算我拜託您吧！」魏特斯夫人從書本中抬起頭。「他們有辯護的權利，聽聽他們的說法才公平。您不認為嗎？」

布拉佛嘆了口氣，對勞倫斯點頭示意。

「先生，瓦倫緹娜所說的是事實：奧斯卡是無辜的，是我們自己想來，我們在他不知情的情況下自作主張。」

「這裡不是你們該來的地方。」溫斯頓．布拉佛冷峻地說。「你們並不適合在這個世界生活，你們應該知道這一點。」

勞倫斯垂下眼睛。

「我們只是想認識，發掘……在那地底下、運河裡或大山中，到處都一片陰暗。因此，我們請求奧斯卡讓我們留下來，把我們藏在這裡。」

「這就是你不對的地方，奧斯卡。」大長老轉頭對他說：「這不是你能做的決定。」

這一次，兩個孩子也無法為好友說什麼了。他們互看了一眼；醫族男孩知道，現在輪到他來為他們辯護。球在他的手上。

奧斯卡轉頭看魏特斯夫人。她對他微笑，遠遠地，對他說了幾個字。男孩讀出唇語：「誠實為妙。」

同時，他也記起媽媽教他的事，以及，儘管他不是非常懂得服從和遵守規矩，畢竟也養成了一些原則習慣。於是他鼓起勇氣，正面迎對大長老咄咄逼人的目光。

「我知道應該由您來決定。」他回答，「但是……我必須這麼做。」

「這又是為什麼？」布拉佛先生暴怒，如雷劈一般質問。

「因為……」

奧斯卡想找一個能令人信服的解釋，但他覺得，那單純的真相比其餘的一切更有意義。

「因為他們在我需要的時候幫助過我。」他真心誠意地說。「要不是他們，我可能根本回不來，先生。」

奧斯卡朝魏特斯夫人看了一眼；她對他微笑，信心十足。奧斯卡以更清晰的聲調說下去：

「而且，他們幫我的時候，並不求取任何回報。我並沒有承諾他們任何事，他們當時並不知道後來有機會憑藉我的披風而離開黑帕托利亞和跨界大水網！也正因為這樣，我把他們藏在這裡。我也並不求他們給我任何回報，但我想為他們做點事。母親告訴過我，我的父親也是這樣：他付出時從不求回報，對別人為他所做的一切都心存感激。她告訴我，正因如此，他是一位偉大的醫族。」

他遲疑了一下，又繼續說：

「我也一樣，我也想成為一名偉大的醫族。我要效法他。」

藏書室裡一陣靜默。布拉佛似乎陷入沉思，沒有人敢打擾他。而從魏特斯夫人的臉上，奧斯卡相信，他看見了某種感動和滿意的表情。

大長老終於抬起頭注視瓦倫緹娜和勞倫斯，隨後走到奧斯卡身邊。

「你們的家人知道你們逃出來了嗎？」

瓦倫緹娜不由得笑出聲來。

「您知道的，我的母親有幾百萬個孩子；而她住在大肱骨的骨髓母細胞，從來足不出戶。我確定，她根本沒發現我不在……」

「我的家人知道我不想在大山礦坑裡工作。」勞倫斯接著說。「也知道我想讀書、學習和旅行。」

布拉佛若有所思地撫著自己的黑髮，喃喃說了幾個字。一分鐘後，他坐直身子。

「給我一個讓你們留下來的好理由。」

瓦倫緹娜和勞倫斯同時搶著說話，結果一團混亂，什麼也聽不清。奧斯卡請他們先閉嘴，然後替他們發言。

「先生，」他說，「如果他們能跟我留下來，將能幫我進入黑帕托利亞旅行，讓我順利取得戰利品，我深信不疑。」

他的兩位好友在一旁點頭如搗蒜。

布拉佛轉身望向魏特斯夫人。兩人只在瞬間交換了個眼神。他站起身，三個孩子懾於他的高大威武，紛紛向後退。他注視三人良久，做出決定。

「好吧！」他說，「你們可以留在庫密德斯會。」

藏書室響起一陣歡呼尖叫。布拉佛揮手打斷他們。

「有一個條件。」大長老補充，「如果你們陪奧斯卡進行下一次旅行，而他卻沒能裝滿水晶瓶，你們就要留在自己的世界，要不然，我會親自強力將你們遣返。聽清楚了嗎？」

勞倫斯和瓦倫緹娜望著奧斯卡，他堅決勇敢地抬起頭。

「是的，聽清楚了。」

他轉身面對好友，對他們綻放一個大大的笑容，說明了他們心裡想的沒錯：「我們一定會成功。」

「那麼，上桌吧！」大長老宣布。「大家都一起來。這麼一來，奧斯卡也不必再到廚房去偷食物；打掃房間的女僕也不會再在他的衣櫃裡找到麵包屑、奶油和鐵釘了。」他斜眼睨著奧斯卡說。

三個孩子當場目瞪口呆，全身僵住。

「什麼？！所以，您……您早就已經知道了？」奧斯卡驚愕地大聲嚷了起來。

魏特斯夫人和布拉佛彼此交換了一個有默契的微笑。然後，布拉佛結束這場會話。

「我說了：上桌，大家一起來。」

午夜十二點，藍園長椅上……

隔天起，勞倫斯和瓦倫緹娜立即享受到自由的感覺：可以在庫密德斯會閒逛，再也不必擔心被人撞見。然而，他們還是細心地迴避彭思；當勞倫斯同意放下書本休息一會兒的時候，他們寧願在花園度過大部分的時間。

奧斯卡一有機會就去找他們。不但共度午餐時間，每次課程結束，在魏特斯夫人和莫倫的監控下做完入侵術的訓練之後，也馬上和他們聚在一起。他逐漸掌握了在第一世界旅行的訣竅，而兩位導師也評估他不久後就能再出發，裝滿水晶瓶，取回勝利獎盃。這項任務不能在另一名醫族陪同下達成，他必須獨自前往。魏特斯夫人得知奧斯卡有兩位黑帕托利亞盟友，其實放心不少；至少有勞倫斯和瓦倫緹娜和他在一起。

一個星期很快又過去了。隔週的星期一傍晚，用餐之前，奧斯卡決定去藏書室，通知波依德，讓他知道自己同意他開出的條件，並跟他訂下約會。

「你很幸運。」波依德在一大滴墨漬下方寫道，「我正想改變主意呢！那麼，你什麼時候要帶我們去？艾絲黛和我一起喔！」

「星期三晚上。」奧斯卡回他。

「為什麼不是今天晚上？」波依德失望地寫下。

「因為就是這樣。」奧斯卡以宣布的口吻說。「那具身體最快那天才能用。您以為安排這一切很容易嗎？」

波依德得知消息後十分激動，字跡飛快潦草。

「在哪裡進行？」

「在庫密德斯會外面，這樣才不會被撞見：藍園，涼亭附近。我會在午夜十二點來找您們兩位。我先警告您，如果您發出一點聲響……」

「……好，好，沒事，你都說了嘛！」波依德酸溜溜地挖苦，「會被扔進壁爐裡！」

奧斯卡聳聳肩，走出藏書室。沒有什麼事比幫忙波依德更討厭的了！但是他沒有選擇，而且，反正一切都計畫好了：如果傑瑞米和巴特把該做的都搞定，就會在星期三過來這裡。機會僅此一次，不可錯失。

接下來這兩天，奧斯卡愈來愈無法專心。

星期三下午，他甚至沒能進入萊斯體內，還踩到狗狗的尾巴：驚嚇的狗兒往前一跳，奧斯卡就整個人趴在客廳地上，打碎了一個精緻的古董，那可是最早期的中國醫族所遺留下來的。

「你今天到底是怎麼了？奧斯卡？」魏特斯夫人詫異。「你一點都沒在聽我們講解，所有的次序做得亂七八糟。」

他囁嚅地說了幾個完全不合理的藉口。老夫人直視他，起了疑心。

「我感覺得出來，有什麼事不對勁。你確定沒有什麼事情要告訴我？」

「沒有。」奧斯卡急著回答。「我……我只是今天有點肚子痛，不過應該等一下就好了。」

魏特斯夫人無法相信徒弟的說辭，堅持詢問：

「奧斯卡，自從你來了之後，這裡發生了很多事。大長老已經對你非常寬容，別忘了這一點。而我也一直都在為你說話，也是因為這個原因，你現在才會在這裡。但凡事有個限度。如果你有心事，或許告訴我會比較好，而不要悶在自己心裡，做出些愚蠢的舉動。你可能會後悔的，知道嗎？……」

「沒有。」奧斯卡頑強否認。「什麼事也沒有。只是肚子痛。明天就會好多了，到時候您就知道。」

老夫人扶正紅色鏡框，嘆氣。

「我想，今天就到此為止吧！好好休息，我會請彭思拿止痛藥給你。」

「不，不用。」他拚命拒絕，甚至顯得有些誇張過頭，「自然會慢慢好的。我不太喜歡吃藥。」為了和緩語氣，他補上最後這一句。

「隨便你了。晚安，奧斯卡，明天見。」

等老夫人一離開，醫族少年便急忙跑進藏書室。在找波依德談話之前，他先跟朱莉亞．賈柏打了招呼。兩天前，他曾向她打探消息。他還是希望她能在檔案夾裡找到一張關於爸爸的剪報之類的資料；但這次也一樣，她的搜尋毫無結果。

「抱歉，奧斯卡少爺。」她用那蠅頭小楷般的字跡寫道，「我所能找到最近的資料都是一些文章，描述他對抗病族大長老那場光榮戰事。在那之後，只刊登過一份簡短的通知，宣布他的死訊，僅此而已。我真希望能幫您更多。」

「沒關係，」奧斯卡對她這麼說。「別擔心，茱莉亞，我自己會另想辦法。」

今晚，他只對茱莉亞的檔案夾微笑，沒有多說；資料夾微微顫抖回應。然後，他走到波依德和艾絲黛的書前面站定。

「我會提前，比午夜十二點早一點來找您們。」

艾絲黛的書大力跳動。奧斯卡想爬上提圖斯；但想必座椅已接收到魏特斯夫人的指令，不願再挪動到書架來。

「拜託您，提圖斯，只有今晚就好！以後，我不會再找您麻煩了。」

提圖斯心軟讓步，奧斯卡拿下《醫族能力之極迷人且無敵完整的非凡論述》，擺在橢圓形會議桌上。才一翻開這本著作，艾絲黛．佛利伍德便以飛快匆忙的字跡滔滔不絕，彷彿在人生的緊急關頭似的。

「這個波依德！怎麼會想出這麼優秀的點子！在他身上真的很少見……但是，小子，您為什麼不立刻帶我們走呢？等到午夜，您很可能會把我們給忘了，我可嚥不下那口氣喔！」

「不好意思，您還是得等。」奧斯卡有些不悅。「因為，假如我現在就把您們帶出藏書室，而布拉佛先生剛好在這個空檔來查閱您們兩位的其中一位，事跡就會敗露！」

「噢，對。」貴婦也承認：「這個理由倒並不完全盡顯愚蠢。果然，您幾乎跟我一樣聰明——哎，跟您同年齡時的我來比，當然。因為，以當下來說，顯然，要與我相提並論是很困難的。而且——」

奧斯卡闔上書本，結束這次談話。書本開始不安分地掙扎：艾絲黛．佛利伍德最討厭的，就是在她自吹自擂的時候被人打斷。

他把《論述》放回原位，走出藏書室，前往餐廳與布拉佛先生共進晚餐。

晚餐是一場酷刑。首先，因為奧斯卡一點也不餓；再者，雪莉再度超越了她自己：胡蘿蔔甜菜沙拉配棉花糖、葡萄柚汁燉（不爛）牛肉，撒上脫水鮭魚卵，甜點則是香蕉與三色甜椒凍（三色甜椒佔大多數……）。

最後，跟魏特斯夫人一樣，布拉佛先生似乎也起了疑心。平時不太說話的他，今晚拿了一堆問題砲轟奧斯卡。為了不洩漏行跡，男孩的回答總是顧左右而言他。他花了許多心力謹慎應對，實在精疲力盡，最後以同樣的肚子痛為藉口，提早退席，躲回房間避難。

兩名好友早就興奮不已地等著他，簡直到了歇斯底里的地步。

勞倫斯已經為夜間開溜行動做好萬全計畫，一絲細節也沒放過，設想了所有可能性。他考慮了一切可能出現的變因和阻礙：無論是遇上某扇門被鎖住，無預警到來的彭思或布拉佛先生，甚至連三人不小心跌下樓梯，監視攝影機，雷達偵測光線，體熱感應器，守門犬……全都有應變措施。他的計畫囊括各種脫身方式；多虧他派出的偵察員瓦倫緹娜，根據她所蒐集到的情報，勞倫斯做了全方位的考量和計算。

「拿去。」他把厚厚一疊計畫書遞給好友。「全都在裡面，我們不可能遭遇任何意外——即使傑瑞米和巴特沒辦法把帕華洛帝運到藍園來，我都已經想好解決方案！」

他摘下眼鏡，揉揉眼睛，累得癱倒。奧斯卡往障礙清單瞧了一眼。

「呃……『體熱感應器』？這是什麼？」

「它會偵測人的體溫。」

「你確定，在這裡，庫密德斯會，他們裝了這玩意兒？」

「彭思那傢伙全天候監視你，我們什麼也不知道！而且你跟我說過，魏特斯夫人可能已經起疑，布拉佛先生也是；說不定他們採取了更進一步的安全措施……」

醫族男孩不敢反駁好友。他試圖弄懂紙頁上的一行行數學算式和其他的複雜計算，最終還是放棄。

「總而言之，我確定，一切都裝在你的腦子裡。」他對勞倫斯說。

「那還用說。」黑帕托利亞男孩不否認，「這只是讓你能看得更明白而已。」

「放心，」奧斯卡跟瓦倫緹娜交換了個莞爾的眼神，回答：「真的非常明白。」

他們想盡辦法找事做，直到命運的那一刻來臨。終於到了十一點半；他們實在忍不住，三人都盯著奧斯卡的手錶，一分一秒地數著。

十一點四十五分，奧斯卡站起身；其他兩人彷佛坐在炭火上似的，隨即跟著跳起。醫族男孩繫上披風，拿出鍊墜，朝行李箱感應。戰績腰帶飄浮到空中，閃著亮光，在房間裡繞了一圈，圍上他的腰。

「我想，可以出發了。」奧斯卡下定決心。「第一步……」

「……藏書室。」瓦倫緹娜接著說。

「準備好了沒？」奧斯卡戴上手錶。

「好了！」

「那麼，上路吧！」

他們魚貫地走出房間，沿著走廊前進。奧斯卡在前面開路，瓦倫緹娜亦步亦趨，勞倫斯在他們後方密切留意周遭動靜。

「我不放心，」黑帕托利亞男孩悄聲說，「太安靜了，這不正常！」

瓦倫緹娜轉過身，示意要他閉嘴。

「現在都半夜了，不然你希望怎樣？」她低聲說。「要放煙火歡送嗎？別說話，要不然，就不夠安靜了……」

三個孩子無聲地往前。半身雕像賽蕾妮亞睡著了，頭倚在凹室牆上。他們小心翼翼地避開地毯，走下樓梯。

如三隻幽靈，他們穿過庫密德斯會大廳，在廚房門前停下。奧斯卡探頭進去看：廚房裡沒人，整座屋子宛如一片荒涼寂靜的沙漠。

「你們在這裡等我一下。」他把兩位好友推到左邊的盔甲後方。

他再次越過大廳，進入藏書室，把門關上。

兩名夥伴覺得都已經等了一世紀那麼久，但奧斯卡還不回來。

「他到底在搞什麼?」瓦倫緹娜未曾有過如此坐立難安的感覺。

「他慢慢來反而好。」勞倫斯安慰她。「要是被其他書聽見,發出警告,那一切都完了!想想看,萬一它們都跟波依德一樣惡劣難纏呢?」

奧斯卡總算走出藏書室,回來跟他們會合。他洋洋得意地掀開披風:波依德和艾絲黛.佛利伍德這兩本書外加魔法書,都被他牢牢揣在懷裡。

三人摸黑溜到大門,心臟都快從胸口跳出來了。如果一切順利,幾秒鐘之後,他們就能溜到外面。

奧斯卡把鍊墜放在把手上,門立即打開。他從門縫鑽出去,偏移身子,讓兩位夥伴也出來,隨後急忙關上。三人快步衝下迎賓階梯。

腳下的石子路被踩出細碎聲響,彷彿會吵醒整個社區。他們走入一棵大樹的陰影停下,脫掉鞋子。

踮起腳尖,三人來到雕花鐵門附近,奧斯卡重複操作程序,把門打開。但這一次,M字卻毫無用武之地,鐵門紋風不動。奧斯卡拿著鍊墜貼在幾個不同的地方,嘗試了好幾遍,始終無效。雕花鐵門就是拒絕開啟。

「我就知道!」勞倫斯急得如熱鍋上的螞蟻,「我不是說了嗎?他們起疑了,加強了安全防備!我的計畫書呢?應對方案呢?快拿來,奧斯卡!我們要被抓了,他們已經看見我們了,我確定!他們會把我們遣返黑帕托利亞,而你,你將不能……」

瓦倫緹娜已經轉身想摀住勞倫斯的嘴,但不勞她麻煩。孩子們感到有一叢樹葉觸碰他們,而下一秒，他們已經被抬離地面。還來不及抓緊托起他們的樹枝呢！枝幹已經降落到大門另一側的地面，位於街道上。

三個孩子驚魂未定地跳下來，奧斯卡抬起頭。

「謝謝你，吉祖！」他說，「我們去半個小時就回來，不會耽擱太久的。」

大樹彎下樹梢，靜悄悄地離開。他們以最快的速度穿上鞋。三人踮起腳尖跑過馬路。奧斯卡轉頭：大橡樹樹頂的枝枒從庫密德斯會的護牆上方伸出；吉祖守護著它的小朋友們。男孩覺得安心不少，拉著夥伴深入藍園。

再過三分鐘，就是午夜十二點。

「我們現在在哪裡？」勞倫斯第四次問。

「應該很快就到涼亭了。」勞倫斯有一點弄不清楚方向，卻不肯承認。

他們在灌木叢中迂迴穿梭，避免走上公園小徑，以免被人撞見。就著月光，奧斯卡終於瞥見藍園中央樂隊涼亭的尖頂，瓦倫緹娜拉拉他的衣袖。

涼亭周圍的木頭長椅旁，幽暗的樹影中，他們發現有什麼東西在動。三人依舊用灌木叢做掩飾，謹慎地靠近。稍遠處，卻有幾個聲音響起。

「把他的腳抬起來啦！總不能叫我一個人抬吧！」

「我已經說過了，巴特，我出腦袋，你出力！」

於是，好友三人組離開暗處，朝長椅旁滿頭大汗的歐馬利兄弟跑去。儘管以一個十三歲少年來說，巴特的力氣大得不可思議，還是癱在一個身穿西裝腳踩涼鞋的大鬍子腳下。那人睡得尤其香甜，簡直像被打昏了或嗑了藥似的。更糟的是，他的酒臭味從幾公里之外都聞得到。

瓦倫緹娜和勞倫斯盯著流浪漢看，十分好奇。帕華洛帝也許無家可歸，但身上乾淨，穿著極為整齊，除了那雙涼鞋以外。要不是那叢濃密如動物毛皮的鬍子，和一身酒臭，與他們抵達庫密德斯會以來所見過的人類並無不同。

「啊，你們來了。」傑瑞米喊起來，總算鬆了一口氣。「快來幫我們，快！等把他放在長椅上之後擺平，你們有的是時間慢慢欣賞這位帥氣的帕華洛帝！不知道是不是那些酒精太重，我們有兩個人都抬不起來！」

於是，四肢加上頭，五個孩子分別各負責一項，搖搖晃晃，終於把可憐的帕華洛帝扛上長椅。

「他今晚唱得怎麼樣？」勞倫斯問。他這輩子從來沒聽過歌劇。

「開唱晚了，」傑瑞米回答，「但他做了補償措施：唱得空前大聲並且走音。好險，在傑瑞米雜貨市集，什麼都買得到！」他得意地高舉兩球耳塞。「在巴比倫莊園附近引發搶購熱潮！」

巴特推推弟弟。

「好了，別拖得太晚。」他說，「誰知道會發生什麼事：如果今晚，他決定在回巴比倫莊園的長椅上之前就醒來，那可就麻煩了……」

「別擔心啦，老大：我把哄他睡覺的奶瓶也帶來了。」傑瑞米揮舞著一支紅酒瓶。

奧斯卡調整披風，確保兩本書與魔法書妥當收好。他拿出波依德那本，翻開。空白頁上如雪崩般流瀉一串文字。

「太好了，藥丸，上路吧！我準備好了！最後一件事：千萬別踩到你的披風，發生像在藏書室被地毯絆倒那樣的蠢事，害艾絲黛和我兩個人出糗！」

奧斯卡聳聳肩，決意不要被波依德的冷嘲熱諷亂了方寸。

「小心點，迷你藥丸，」波依德不放過任何細節，「我們要的可不是一分鐘來回的走馬看花，而是一趟實實在在的，真正的體內旅行，嗯？！要不然這次可不能算數！」

「我們能在裡面待多久，就待多久。就這樣，少廢話！」奧斯卡態度堅決。「如果您不同意，現在就說清楚！」

波依德尚未回應，艾絲黛的《論述》就在衣袋內鼓譟，奧斯卡只好把它也拿出來翻開。

「啊！我還以為您把我給忘在口袋裡了，孩子！」艾絲黛．佛利伍德寫道。「我說，為了我的黑帕托利亞之旅，您就找不到一個比醉鬼更好的人嗎？讓我提醒您，能跟艾絲黛．佛利伍德旅行可是無上光榮！該怎麼說才好呢？偉大的，了～不～起～的艾絲黛．佛利伍德，其著作《論述》……」

「……是醫族所有圖書館必備的收藏，對，好啦，大家都知道了。不過，您還是得將就帕華洛帝。若不合您兩位的意，我可以現在就帶您們回庫密德斯會。」奧斯卡使出殺手鐧。

「噢！多麼卑鄙！好，好，走吧！」艾絲黛一想到可能去不了體內入侵，連忙自圓其說。

「好，好，同意。」波依德也妥協了。「不過，別耍詐，小鬼：講好了，要來趟大旅行！」

奧斯卡闔上書本，裝回內袋。

「我準備好了。」他對朋友們說。

「我們準備好了。」瓦倫緹娜修正他的話，一面和勞倫斯一起躲進奧斯卡的披風裡。

「等一下！」傑瑞米悄聲警告，猛然轉頭朝涼亭看了一眼，「快躲起來！」

巴特跳上腳踏車，拉著小篷車，騎到最近的樹叢後方。其他四個孩子僅來得及跑進一條斜溝裡。

奧斯卡偷偷探頭，瞥見長椅旁有兩條黑影。夥伴五人都屏住呼吸，害怕若發出一丁點聲響，就會引起陌生來者的注意。三更半夜的，這兩個人究竟來藍園做什麼？腳步聲逐漸走遠，他們聽見踩踏落葉的細碎聲響，幾句朦朧不清的交談，後來就什麼也沒有了。

又等了幾秒鐘，他們才敢現身。這一次，四下無人，只有夏日溫暖的夜風，吹動樹葉輕顫。傑瑞米首先回過神來。

「快！」他說，「現在馬上進入帕華洛帝的體內！我們會躲在旁邊把風。別再拖延了！」

奧斯卡、瓦倫緹娜和勞倫斯朝醉漢快跑。奧斯卡掀起披風，重新把兩名好友包進去。他拿出鍊墜，集中注意力，三人一起衝刺。

一陣炫目的強光劃破黑漆漆的藍園，照得傑瑞米和巴特睜不開眼。等他們驚愕地睜開眼睛，帕華洛帝仍在長椅上打呼，而那三位同伴已消失不見。

奧斯卡和兩位好友站起身。勞倫斯和瓦倫緹娜有點頭昏踉蹌，花了一秒鐘才確實感受到自己重回到黑帕托利亞世界。

憑著幾次經驗，奧斯卡已能自由選擇降落地點。他們降落在地底一百公尺，遼闊的食物運送工廠中央。

勞倫斯和瓦倫緹娜四處觀看，開心地笑了。一個從未離開過大山，另一個從未偏離跨界大河，如今來到這座工廠，一切都顯得無比新奇。開心的不只他們，披風內袋裡，波依德和艾絲黛．佛利伍德的書太過激動，前所未見地浮躁不安分。

「看看這些！」瓦倫緹娜陶醉不已。「真難想像，自家附近竟有這樣的東西！我從沒來過這裡。真不錯耶……當然啦，還是比不上外面的世界，庫密德斯會之類的。」她急著補上一句，擔心奧斯卡會把她留在這裡。「不過還是很不錯。」

「這裡比我從書上讀到的大多了。」勞倫斯也同意，又摘下眼鏡來擦拭，這已經是第三次了。

由於工廠的高溫與蒸氣，鏡片上始終蒙著一層霧。

奧斯卡自己也嚇了一跳：這裡的氣味和他已去過的動物身體，甚至彭思的體內完全不同。很快地，映入眼簾的一切也讓他心驚。仍有工人在推車，但整體不如前幾次入侵時所看到的那樣繁忙有活力，而且姿態也很奇怪：沒有一個工人走路是直的。奧斯卡轉身觀察輸送帶：那裡也是，輸送帶應該朝研磨工廠的桶槽區前進，運轉卻十分不規律；朝一個方向拉動了一會兒，卻又往後退，甚至完全停止，然後又重新開始。最後，大洞穴的內壁，從地面到洞頂，詭異地浮腫；而當奧斯卡伸手去觸摸，感覺到一陣強烈的顫動，彷彿後方有一股渦流旋轉。

他抬起頭，試圖透過落地窗玻璃看看控制室裡面。從這個距離望過去，實在看不清什麼，但指揮室裡似乎一片漆黑，空空蕩蕩。

他帶朋友避開工人——不過工人似乎也沒看見他們——，朝食物貨車走去：一車車的紅酒滿溢了出來。

「欸欸欸，嘿，你們！」一個身穿工作服的男人嚷起來。他頂著個紅色酒糟鼻，幾乎連站也站不穩。「卡……卡……你們在這卡啥，嗄？？？」

奧斯卡還來不及回答，男人就格格發笑，栽進男孩懷裡。奧斯卡踉蹌後退了幾步，幸虧好友們及時扶住。三個孩子站直身子，而那名工人則倒在地上，仍不斷傻笑。

「我說啊，孩子們，」他的舌頭彷彿大了一倍似的，講起話全含糊在一塊兒，「好心幫個忙，拿點車廂裡那種好喝的飲料過來，因為我覺得那裡好~遠喔~，哎呀呀！」

說著，那傢伙又開始不停發笑。瓦倫緹娜看著他，神情古怪誇張。

「這裡的人都是這樣嗎？」她感到失望。「比起來，跨世界水域分佈大網絡的人正常多了……」

「山裡的人也不像這樣。我從沒見過這種類型的人。」勞倫斯也附議。「或許，他們全被集中到這裡來了，到這座食物輸送工廠工作？」

奧斯卡彎下腰來，朝那人身上嗅了嗅。

「我想我知道這是怎麼回事。你們過來這裡看看。」他朝離他們最近的貨車瞟了一眼。

瓦倫緹娜和勞倫斯隨著他的目光看過去。

「是酒。」奧斯卡露出嫌惡的表情。「所有的貨車裡，裝的全部是酒！帕華洛帝幾乎不吃東西，只喝酒！結果，所有工人都醉了，工作也做得亂七八糟！」

「所以，這表示，別的地方也可能是這樣！太恐怖了！但願帕華洛地的紅血球不是這副德性！換作是我，我會覺得好丟臉……」

奧斯卡環顧四周：整座工廠的設備都壞了，運作得顛三倒四。瓦倫緹娜說得對：帕華洛帝體內的其他世界想必也都被酒精侵蝕損毀，呈現同樣的慘狀。有一天，他們一家走在奇達爾街上，路過一個醉漢身旁，他和薇歐蕾都噗哧笑了出來。現在他終於明白當時媽媽為何會說：「可憐的人！孩子們，你們不該笑他：他已經給自己吃了不少苦頭……」

此時出現一個響聲。工人們互相推擠，尖叫不絕於耳。三個孩子轉頭去看：太遲了，一列貨車正全速朝他們衝過來。他們來不及躲開驚惶亂竄的工人，被人潮帶往輸送帶。勞倫斯跌進其中一輛車廂，酒水滿出來，灑了一地。所有工人都撲到地上承接，有幾個人甚至當場舔了起來！

列車終於停了下來；瓦倫緹娜和奧斯卡推開人群，連忙去搭救夥伴。他們看見勞倫斯的手腳還露在車廂外。等他們總算把他拉出來，卻見勞倫斯看著他們傻笑，就連他，也舔著自己的手指。

「我說，夥伴們，你們知道……嗝！這酒，一點也不難喝耶，嗝！」

「勞倫斯！你也是，你也醉了啦！」瓦倫緹娜叫起來。

「我的書！」

奧斯卡喊得更大聲，把瓦倫緹娜給嚇了一大跳。勞倫斯的笑容也瞬間凍結。

「書！」奧斯卡又說了一遍，「慘了！我把書搞丟了！」

「怎麼弄的？！」瓦倫緹娜問。

「這……一定是在被推擠的時候，」勞倫斯邊說邊打酒嗝，「我們得……嗝，得在附近仔細找找！喂！工人弟兄們，幫我們找找啊！然後，嗄，然後，一起去喝一杯！」

「我們什麼也不喝！」瓦倫緹娜兇巴巴地訓斥。「勞倫斯，你夠了喔！我們一定要找回奧斯卡的書，要不然就完蛋了，你懂不懂啊？！」

勞倫斯點頭，試著清醒意識。奧斯卡則已經趴在地上，不顧四周混亂雜沓，穿梭在一雙雙工人的腳之間和車廂後方，來回搜尋。

「那裡！」瓦倫緹娜大喊。「奧斯卡，那個穿黑衣服奔跑的傢伙！」

奧斯卡站起身。在一群身穿白色連身裝的工人中，有個男人匆忙逃脫。他從頭到腳一身黑，只有領子是一圈紅色。

奧斯卡全身起了一陣雞皮疙瘩。

一個病族。

更容易辨別出來的，是病族緊緊抱住的兩本書：是波依德的作品和艾絲黛的論述！剛剛的混亂推擠一定是那傢伙故意造成的，目的就是要把書搶走……

醫族男孩一秒也沒多遲疑，立即衝上前追他。他大步跨過趴在地上的工人們：舀酒水的，或在騷動之後喝醉的。瓦倫緹娜跟在他身後跑。勞倫斯因為吸進了酒精，有點醉意，心有餘而力不足，只能無助地在人群中緊盯著夥伴們的蹤影。

奧斯卡逐漸追上：他比那個病族矮小靈活，而病族在擁擠的人群中穿梭不易。眼見小偷就只距離他幾公尺了，奧斯卡大喊：

「站住！把我的書還來！」

奧斯卡伸長手臂，勾住黑衣人的胳膊。病族猛然轉過身，勒住奧斯卡的脖子。男孩想掙脫男人的手，但對手畢竟是大人。他的目光觸及病族男人的紅眼睛：儘管蒙面，仍能看出他眼中飽含恨意。男孩在T恤下摸索，抓住鍊墜，舉到病族眼前揮舞。字母發出一道強烈的光芒，男人用手遮臉，發出一聲痛苦的哀嚎，彷彿被光線灼傷。奧斯卡趁機後退，大口吸氣。

病族直起身，憤怒欲狂。瓦倫緹娜站在奧斯卡身後。

「過來，奧斯卡，他比我們強壯，最好先讓他走！」

「想都別想！」男孩說，手中始終緊握鍊墜，目不轉睛地盯著病族的雙眼。「我要我的書，還給我！」他對男人大吼。

男人泛起微笑，緩緩搖頭。不等奧斯卡做出絲毫反應，他猛然撲來，用力把男孩扔上輸送帶。奧斯卡的頭撞上金屬邊緣，失去知覺。

瓦倫緹娜撲到掠奪者身上，使出全力踢打，但男人手一揮，她便摔滾到遠遠的地方，撞上跑來支援的勞倫斯。兩個孩子在地上滾成一堆。

奧斯卡醒過來，抬起頭。他仍臥倒在輸送帶上，掉入一個固定在帶子上的金屬槽中。輸送帶前進的速度快得不尋常。他坐起身，駭然發現自己的手腳都被一條黑繩緊緊捆住。輸送帶的頂端，男人踢走了工人，按下一個紅色按鈕，加速運轉。奧斯卡轉頭看另一端，立刻明白即將遭遇什麼樣的命運：很快地，他就要來到洞口，然後掉入研磨工廠大桶槽！

瓦倫緹娜再次對病族發動攻勢，卻被輕鬆甩開。奧斯卡努力處變不驚。他必須思考，很快地思考。如果不馬上脫身，幾秒鐘後，他會翻落桶中，被鋒利的刀刃絞爛。他試著解開繩索，但繩子的材質十分特殊；他的皮都刮破了，卻絲毫未見鬆脫。

「別擔心，」男人對他說。「在我的命令之下，這條繩子會放開你的……也就是說，再過一會兒，等你掉入桶槽裡之後。」

眼見再一公尺，奧斯卡就到洞口了：萬事休矣。他閉上眼睛，抓緊金屬槽邊緣。

就在這個時候，輸送帶停了下來。

奧斯卡睜開眼，看見病族氣沖沖地奔向手控裝置，憤恨地按下紅色按鈕，卻毫無動靜。男孩朝高高盤據在峭壁上的指揮室望去：玻璃窗後，隱約看見勞倫斯的臉。他的朋友正在廠區的中央電腦前面，及時停止輸送動作！

病族發出一聲忿忿不平的怒吼，從袖子裡取出一樣東西，奧斯卡沒能看清那是什麼。男人緊貼著那樣物品，喃喃唸了幾句，以敏捷有力的手法扔出。此時，醫族男孩看見一把P字形利刃旋轉，凌空飛起，如火箭一般朝控制室射去。飛鏢穿破落地窗，玻璃碎片四處飛濺，咻的一聲貼在勞倫斯身旁。黑帕托利亞男孩倒了下去。P字鏢以黑瑪瑙製成；這種被病族拿來製造武器的黑色寶石極為堅硬。刀刃鋒利的飛鏢如飛盤一般旋轉，在電腦前繞圈；鏢尖向下，擊下一鍵，廳裡的輸送帶再度運轉。

奧斯卡轉回頭，亂了方寸：為了他，勞倫斯受傷了，甚至有可能死了也不一定，卻也於事無補；因為，再過幾秒鐘，就輪到他赴死了。

就在此時，他看見一條火線飛越輸送工廠的拱頂。

奧斯卡瞇起眼：辨認出那是一個閃亮的圓碟，在空中留下一道橘光軌跡。

「奧斯卡，不要動！」一個清楚的聲音從庫房另一頭響起。

正當輸送帶載著奧斯卡沒入金屬槽上方的大洞之時，圓碟結束飛行，落在醫族少年的手腕上。彷彿觸及一輪圓鋸，繩索應聲斷裂。奧斯卡舉起重獲自由的雙臂向後倒；就在原先那個槽墜入研磨工廠消失之前，滾落地上。

他站起來，汗流浹背。在他面前，有個年輕人裹著跟他一樣的綠披風，正彎腰撿取剛剛拯救了奧斯卡的鍊墜。男孩立刻認出這個人。

「艾登？！艾登．史賓瑟？！你是……」

「醫族，跟你一樣，奧斯卡。」

奧斯卡以為自己在作夢。那個害羞的艾登，大家都以為他懦弱膽小，常在操場被摩斯欺負……那個艾登竟然也是醫族，而且還救了他一命！

他很想叫他把事情解釋清楚，但當下的情況太危急。兩個醫族男孩同時轉身面對病族。那傢伙向後退了一步，猶豫了一下，轉身逃跑。

「我的書！」奧斯卡大喊，「書還在他手上！」

這段期間，歐馬利兄弟埋伏在藍園的灌木叢後方，愈等愈焦急。

「奧斯卡不是說『只要十五分鐘到半個小時』嗎？」傑瑞米一直碎碎唸，「怎麼拖了這麼久？」

「說不定他們遇到麻煩了。」哥哥回答。「你看帕華洛帝：我從沒見過他這個樣子，臉上擠出一大堆怪表情，還抱著肚子……那裡面，恐怕不如預期的順利！」

「而我想這裡也是，很可能也不如預期順利。」傑瑞米自動提高了警覺。「巴特，我總覺得這裡不止我們兩個人。」

離他們稍遠之處，再次出現聲響。男孩們聽見清楚的腳步聲；看樣子，沒人注意到他們躲在這裡。至少，還沒注意到。

「我才不怕！」巴特低聲抱怨，甚至想站起身。「我們去給他們一點顏色瞧瞧！」弟弟拉住他。

「別！你別被人家發現了啦！」傑瑞米悄聲說，「能撐多久，就要撐多久，這樣奧斯卡和其他兩個夥伴才有時間回來。我只希望他們別拖太久……」

在黑帕托利亞，艾登．史賓瑟很快反應過來。他正要拔腿去追逃跑的病族，卻被奧斯卡一把拉住手臂。

「我們是兩個人，艾登！我們可以施展醫族蝠翼！」

「那是什麼？」艾登問。「你知道的，我才剛開始跟父親學習，知道的不多，只會用鍊墜做出火碟……」

「脫掉披風。」奧斯卡把自己的披風解下，「跟著我做，我唸什麼就照著唸！」

他把披風舉到頭上旋轉，記起曾與魏特斯夫人練習過好幾次的咒語：

我們的披風合而為一，
我們的披風轟隆隆，
交纏一起
讓敵人趴倒在地。

艾登連忙跟著照做。兩件披風，面對面，在空中飄浮了一會兒，從領口到每個尖角，緊密結合。兩片布面黏在一起，形成一面巨型風箏，宛如一隻鬼蝠魟，展開雙翼，開始飛翔。蝠翼瞬間掠過地面，撈起逃往出口的病族。

那傢伙跌入兩件披風合成的方布裡，醫族蝠翼再度起飛，在奧斯卡、艾登和前來會合的瓦倫緹娜頭頂上繞了幾圈，愈轉愈快。病族縮在布巾裡，驚恐萬分，怒吼連連。

「書！」奧斯卡大喊。「把書還來，蝠翼就放你下來。」

男人狼狽地攀住披風邊緣，憤恨地朝孩子們擲出波依德的書。《病族文選》在地上彈了幾下，滾到一輛車廂旁才停下。奧斯卡急忙跑去把書撿起來。才翻開第一頁，波依德便氣呼呼地用歪七扭八的大寫字母罵出成串髒話。

奧斯卡連忙闔上書頁。

「還有艾絲黛．佛利伍德的書。」他對艾登和瓦倫緹娜說。女孩正巧發現岩石壁上裝有一部電梯。

「那本書寫了什麼？」

「醫族力量所有的秘密。」奧斯卡解釋。這時，醫族蝠翼在輸送工廠的拱頂下方到處大迴旋，想制伏病族，叫他投降。「我一定得把那本書拿回來！你知道嗎？萬一落入病族手中，在他們之間流傳，後果會怎麼樣？」

「我去控制室照顧勞倫斯。」瓦倫緹娜說。「你們一拿回艾絲黛的書之後，就到那裡去會合！」

然而，披風雖在庫房的人造天空中旋轉得愈來愈快，那名病族卻抱著書本，更牢牢抓緊布巾邊緣。他甚至趁著一次短暫靜止和低空飛行，取回一支黑瑪瑙P字鏢，將一件披風劃出一條大裂縫。艾登感到皮膚上一陣詭異的疼痛，彷彿那道裂縫隔空傷在他身上。

蝠翼受到重創刺激，突然拔高；攀升到大廳頂端後，朝輸送帶盡頭的洞口垂直下沉，宛如一隻朝地面獵物俯衝的猛禽。

「它要做什麼？」奧斯卡擔心不已，「最後會掉進桶槽室裡的！」

但就在即將墜入洞口之時，蝠翼來了個急轉彎。布巾上的病族失去平衡，鬆開手，跌入大洞之中。奧斯卡和艾登驚懼不已，眼睜睜看他帶著艾絲黛．佛利伍德的書一起消失。

他們跑到輸送帶盡頭，俯身朝下看：其中一只大桶子裡，一團噁爛的糊泥攪動，病族落入槽底，被鋼刀碎屍萬段，他們剛目睹一隻腳消失不見。泥團染成全黑，變得更黏更稠。一陣陣刺鼻的氣體飄上來，兩個男孩不得不節節後退，以免吸入臭氣。在此同時，槽底發出一聲淒厲的慘叫。一道光線如旭日升起，直到研磨工廠拱頂，然後消逝殞滅。

「我……我想，這是一位醫族的魂魄去世時的景象。」艾登怯怯地說。

「艾絲黛．佛利伍德的魂魄。」奧斯卡崩潰大哭。「都是我害的。她的原版書也跟她一起逝去了……我到底做了什麼呀！艾登，我到底做了什麼？！」

艾登體諒地伸出友誼的手，搭著他的肩。

「現在，我們做什麼也沒有用了。那不是你的錯，奧斯卡。為了拿回艾絲黛的《論述》，你已經盡了全力。來吧，我們走吧，一起去找你的朋友們。」

在他們上方，兩件披風已經分離，緩緩降落，披在他們的肩膀上。他們離開工廠，工人們也逐漸恢復工作，並未特別受到剛剛那場戰鬥干擾。

瓦倫緹娜和勞倫斯在半路上與他們會合。

「你沒事吧？」奧斯卡擔心地問候。

「沒事，還好。」勞倫斯已差不多從驚魂中回神。「你呢？拿回書了嗎？」

奧斯卡垂下眼睛，緊緊抱住波依德的書。黑帕托利亞的孩子們立即明白，也陷入沉默。

「現在，該走了。」勞倫斯說。「只是要先找到醫族蛇杖。到底在哪裡呢？」

所有人都東張西望，無論牆壁、手推車，所有能找的地方都不放過，仔細搜尋那座長蛇纏繞的M字高腳盃。然而，包含控制室的螢幕，一條條寬闊的輸送帶下方，貨車廂後面，甚或工人們的連身裝上，各個角落都找遍了，就是不見蛇杖的蹤影。

艾登正沮喪得想要放棄時，奧斯卡喊了起來：

「你們過來，快來！」他指著工廠最裡面那條輸送帶尾端。

孩子們全都快步跑到大桶上方的洞口。奧斯卡轉身探出去，朝上望。

「那裡！」他說，「在天花板上！」

三名夥伴在洞口前推來擠去。桶槽室的拱頂上，蛇杖的標誌彷彿用金沙描繪而成，閃爍發亮。

「那道光！」艾登嚷起來。「是書本掉下去之後，從槽底散發出的那道光，描出了蛇杖的形狀！」

「艾絲黛．佛利伍德指引了我們出口的位置，奧斯卡。」勞倫斯說。「你看，這表示她沒生你的氣。」

奧斯卡對好友擠出一絲哀傷的微笑。他很感謝勞倫斯費心安慰，喪失原版書及附身在《論述》裡的艾絲黛．佛利伍德之魂魄，對他來說，是一項痛苦的折磨。他悔恨之至，難以原諒自己：要是他一開始不那麼堅持打探關於父親的真相，事情也不會到這個地步，那本書仍會好好地被收藏在庫密德斯會的藏書室裡。

「奧斯卡，傑瑞米和巴特在等我們呢！我們該走了！別忘了，他們還得把帕華洛帝帶回巴比倫莊園……」

奧斯卡把兩名好友裹進披風裡，與艾登兩人集中精神，專心注視蛇杖標記，準備出發。一秒鐘之後，四人一起離開黑帕托利亞和醉漢的身體，在長椅前方落地。

一波未平，一波又起

傑瑞米和巴特連忙跑出來迎接他們。

「我們還在想你們到底要不要出來呢！」傑瑞米連珠炮似地嚷嚷。「說真的，我永遠也無法想像在帕華洛帝的肚子裡閒逛有這麼愉快好玩！」

奧斯卡轉身面向艾登。

「現在，你該跟我們解釋一下：大半夜的，你來這裡做什麼，又為什麼會在裡面跟我們會合？」

傑瑞米笑了起來。

「我可以告訴你，巴特和我，看見他穿著綠油油的斗篷，打扮得像蘇洛一樣，出現在這裡，尤其是當他跟在你後面，也消失不見，鑽進可憐的帕華洛帝體內之後，我們也都嚇了一大跳！說明的時候到了，史賓瑟！講快一點喔！我們還得回去呢！」

艾登對大家解釋：園遊會之後，他不想再膠著在現狀裡了。

「我知道你還在生我的氣。」艾登對奧斯卡說。「我太膽小，不敢把學校裡那件事的來龍去脈講給你聽。我不能賭上被留校察看的危險：布拉佛先生已經和我爸爸約好時間，我們必須準時赴約，但當時我什麼也不能說。當我知道你也是醫族之後，曾想跟你談談，但你不給我機會。」

「所以你曾經去奧斯卡家找我們。」傑瑞米恍然大悟。「那天我在籬笆後面聽到的聲響，就是你發出來的。我看見你騎車逃走！」

「我本來想單獨找他，但是你們大家都在，所以我就躲起來了……也聽到了你們的討論。」

「然後你跟蹤傑瑞米和巴特來到這裡！」奧斯卡說。

「我來不是為了監視你們。」艾登漲紅了臉，「我只是想，你可能會需要我……在學校，你幫助我，我想在這裡幫助你。我跟蹤了歐馬利兄弟，躲在灌木叢裡。然後，在你們躲起來的時候，我看見病族先你們一步進入他體內！」

「原來我們在入侵之前所看見的黑影，」勞倫斯恍然大悟，「就是病族！」

「於是，」艾登繼續說，「我心想，你可能會遇上麻煩。我走到帕華洛帝身邊，進入了這個醉漢的身體。」

「這件事你的確辦得到。」奧斯卡同意，「因為在一具身體裡，可以同時容納好幾名醫族……謝謝你，艾登。要是沒有你——」

「抱歉打斷你們，」勞倫斯憂心忡忡地插話，「但如果我沒算錯的話，公園裡出現了兩條黑影，但只有一個進入了帕華洛帝的身體。另一個呢？」

「更重要的是，」奧斯卡說，「他怎麼知道我們今天會到這裡來，帶著波依德和艾絲黛．佛利伍德的書進入帕華洛帝體內？」

「有人知道內情，並且出賣了我們。」傑瑞米做出結論。

「喂，你這個傢伙。」瓦倫緹娜不客氣地懷疑起艾登．史賓瑟，「你是唯一知道今晚計畫的外人……」

「我沒有出賣你們！」艾登激動大喊。「要不然我幹嘛要幫你們？」

勞倫斯在長椅坐下，陷入思考。帕華洛帝在他旁邊，一點也沒受到討論干擾，始終熟睡得像個嬰兒。

「不，艾登絕不是唯一知道我們今晚會聚集在這裡的人。」勞倫斯也同意。「波依德有可能說出去，艾絲黛．佛利伍德也有可能。不過，話雖如此，這麼做對他們本身並沒有好處。等等，」他說，「當然囉！另外還有一個人，他知情的機會非常大！」

附近又傳來聲響，大家不得不安靜下來，溜進灌木叢躲藏。他們聽見幾聲悶哼，似乎有人打起來了。奧斯卡和傑瑞米偷偷直起上半身。

「在那裡！」傑瑞米悄聲說，「奧斯卡，你看！玫瑰叢旁邊的路燈下……」

奧斯卡轉過頭去時，剛好看到，漆黑的夜裡，昏黃的燈光照映在一顆光溜的頭顱上。當禿頭男人轉過身來，男孩不由得發出一聲驚叫。

「彭思！」奧斯卡當場愣住。「是他！是他出賣了我們！」

「再明顯也不過了！」勞倫斯把剛剛沒說完的話說出來。「是誰全天候跟蹤你？整理書籍？注意每一扇門的動靜？監視你的一舉一動？彭思，當然！一定是星期一晚上，他剛好聽見了你在藏書室和波依德的談話……」

孩子們望向彭思剛才出現的位置，目光在附近搜尋：一下子就不見人影。

「他逃走了！」瓦倫緹娜嚷起來。「反正，他一定會回庫密德斯會。」

「我們最好也這麼做，而且動作要快。」勞倫斯提議。「如果布拉佛先生醒過來，彭思只消告訴他我們的房間裡沒人，我們未經許可就擅自外出……這一次，我們在庫密德斯會的好日子真的要結束了！」

「我會向魏特斯夫人和布拉佛先生解釋這一切。」奧斯卡回應。

「然後彭思會一概否認。」勞倫斯補上一句。「憑什麼布拉佛先生要相信你而不相信彭思？沒有證據可以證明我們被他出賣了……」

「要是彭思敢這麼做，」瓦倫緹娜氣得發狂，大聲宣布，「我以紅血球的名義發誓，他會得到恐怖的報復！我們可以把他綁在床上，逼他喝下一整鍋雪莉煮的洋蔥覆盆子樹莓湯！」

「在那之前，這裡已經沒人了。我再說一次，我們該盡快趕回去！」勞倫斯說。

奧斯卡把朋友們都推到帕華洛帝身邊。

「快，」他十分不安，「我們幫你們把帕華洛帝抬進小篷車，你們趕快回巴比倫莊園！別在這裡待太久。」

巴特跑去把單車和小篷車牽過來；六個孩子同心協力，輕鬆抬起醉漢，然後安置在車裡，沒有粗魯碰撞。

完成之後，奧斯卡對艾登說：

「趁你父親還沒發現你溜出來，快跟傑瑞米和巴特一起回去。」

「他上夜班，」艾登說明，「早上八點才會回家。」

「傑瑞米會用腳踏車載你。謝謝你們，我的好友，快走吧！」

三個男孩以巴特最快的腳力為基準，不到一會兒就消失在樹林間。

現在，公園裡冷冷清清，只剩奧斯卡、瓦倫緹娜和勞倫斯三人。然而，就在他們身邊，再度響起一些聲音；他們發現公園裡並非只剩他們三人。

「我們總不會要在這裡待上一整晚吧？嗯？」勞倫斯說。其他三個人離開之後，他愈來愈心慌。「快回去好嗎？」

「我們才剛到，你們就要走，太不夠意思了。」就算有一百個人在場，這個聲音，奧斯卡也能馬上認出來。

四個人影從樹下暗處走出，朝長椅靠過來。奧斯卡整個人緊繃了起來。

「你在這裡做什麼？摩斯？」

「那你們呢？」男孩反問。現在，他已來到燈光之下，面目分明。「你和你的這群朋友，你們常在深夜逛公園？這裡可不適合你們這種人，我已經告訴過你了，藥丸。這裡是有錢人的地方。」

奧斯卡沒有馬上回答。纖病族突然侵入體內之後，這一次，摩斯竟然在體外等著找他麻煩。兩個陷阱早已對他虎視眈眈，他先前卻沒發現任何疑點！難道，摩斯也是一名病族？他一定得告訴布拉佛先生……當務之急，必須先擺脫這個圈套。

摩斯身邊圍著他的幾名打手；在學校裡，那些傢伙宛如哈巴狗似地跟前跟後。不用說，其中有小腿粗壯，門牙縫超大的寇爾．多赫弟；奧斯卡還認出葛拉漢．諾頓，這男孩比他們大一歲，但摩斯把他納入那堆狐群狗黨；最後一個是吉米．百利。放假前幾天，企鵝老師還抓到百利在廁所教八歲的孩子抽菸。他被退學了，而看樣子，這正是成為摩斯一夥的好理由……他們四個混混強壯又好鬥，儘管奧斯卡常跟摩斯打架，卻也知道，他和兩名好友加起來，絕對無法和他們抗衡。摩斯非常清楚奧斯卡這一幫本來人數較多，所以故意等到歐馬利兄弟和艾登離開後才現身。

「我問了你一個問題，藥丸。」摩斯繼續說。「你不敢回答嗎？唉！一直都是這樣：你很怕我。」

瓦倫緹娜向前跨了一步；她氣得滿臉通紅，幾乎和她的頭髮一樣紅。

「喂，你這個傢伙，你以為你是誰啊？我們之中沒有任何人怕你！連一隻蒼蠅都瞧不起你！」

摩斯瞇起那雙小眼睛，嘲笑挖苦：

「這玩意兒，這是什麼啊？藥丸？你在哪裡找到這個紅髮外星人的？」

瓦倫緹娜搶在奧斯卡之前回應。

「這個，外星人送你的！」

女孩使出全力，朝摩斯的脛骨踢了一腳，痛得摩斯哇哇大叫。

「抓住他們！」男孩喝令，「讓他們看看誰才是老大！」

奧斯卡把波依德的書交給勞倫斯，把兩名好友朝庫密德斯會的方向推。

「跑！**快跑**！不要停！」

「不！」瓦倫緹娜大喊，「我們不能把你一個人留在這裡！」

摩斯和他的手下已經跳出來，準備把三個人一網打盡。奧斯卡想起莫倫的一則建議。他迅速脫下披風，拿在面前打轉：一面光盾擋在他和四個混混之間，他們直接撞上這面銀閃閃的盾牌，彷彿觸了電似的，往後彈開，跌倒在地，哀嚎慘叫，像殺豬一般難聽。

奧斯卡轉過身，怒氣沖沖。

「我叫你們趕快離開！」

「絕不！」勞倫斯雙臂交叉，捧在肚子上。「你不走，我們就不走！」

黑帕托利亞的兩個孩子緊貼著奧斯卡，躲在光盾後方。就在這個時候，四名混混已經站起來，將他們團團圍住。奧斯卡看見摩斯眼中的憤怒。

「如果你以為用那個道具就能從我們手中逃脫，那就大錯特錯了！藥丸！慢慢的，你的手一定會痠，然後……」

奧斯卡換手操作：披風變成光盾之後，似乎更重了，而他的手臂也的確開始疲累。他朝後看，企圖找一個出口；終於，腦中靈光一閃。他用另一隻手取出鍊墜，高舉揮舞。

「注意察看四周。」奧斯卡悄聲對朋友們說。

勞倫斯和瓦倫緹娜東張西望，不太確定有沒有聽懂奧斯卡的意思。

「我什麼也沒看見。」勞倫斯低聲回應。「要找什麼？」

「繼續察看。」奧斯卡把聲音壓得更低，不想讓敵人聽見。

他打算來個出其不意，那是他們唯一脫逃的機會。結果是瓦倫緹娜先發現了他們要找的東西。

「那裡！」但她喊得太大聲了。

這一次，勞倫斯回敬好友，一掌摀住她的嘴。奧斯卡回過頭，露出微笑：通行樹的樹幹上顯現藍色字母，就在不遠的地方！好險，摩斯和他的走狗一時之間沒有反應過來。奧斯卡停止轉動披風，光盾消失。

「衝啊！」奧斯卡對好友們大喊。

他們以最快的速度朝大樹跑去。奧斯卡把兩人裹入披風內，背誦咒語，祈禱大樹跟披風一樣，願意庇護勞倫斯和瓦倫緹娜：

在我醫族面前，你要自動開啟，
並在黑暗的土地下指引我方向。

奧斯卡拿著鍊墜朝樹幹上發亮的字母感應，咒語也發揮了效用，樹幹開啟。三個孩子鑽入樹幹中的電梯。地面上和頭頂上都顯現發亮的M字。奧斯卡剛好看見摩斯粗壯的胳臂擋住正在關閉的門板，電梯就往下降，沉入地底。

電梯門開啟，前方是心念掃描器。奧斯卡把兩名好友往前推；他們一頭霧水，不知道男孩要把他們帶到哪裡去。

「快走！」奧斯卡猜到他們的疑惑，連聲催促。「我們在一條通往庫密德斯會的秘密通道裡！」

他抬起頭：電梯門已關上，又往上升。這表示摩斯和他的同夥也進入了通行樹的樹幹內，不久後就會追上來……他再度把好友們往前推，一面揮舞手中的鍊墜。許多M字閃閃發亮，飄浮在空中，將隧道的漆黑陰森一掃而空，指引他們前往另一端的出口。他們走了幾步，光線微弱下來。奧斯卡轉身面對好友，認真地注視他們的眼睛。

「不要害怕。」他對他們說。「隧道能讀出你們的心念。如果沒有足夠的勇氣和穿越它的欲望，一切都會熄滅。」

勞倫斯和瓦倫緹娜挺起胸膛，露出勇敢的微笑。

「我們走吧！」瓦倫緹娜說。

他們開始奔跑，周圍的M字持續發出飽和的亮光。奧斯卡跑得上氣不接下氣，轉頭回望：後方，隧道口，電梯門剛打開，四個人影衝出，迅猛如飛彈。他立即明白：他們三人腳力不夠快，沒辦法甩掉他們。

「再快一點，」他給勞倫斯和瓦倫緹娜打氣，「加油，我們就快到了！」

電梯又開了，這回是摩斯。他的目光定位到正拚命奔逃的三人，隨即轉身對多赫弟、諾頓和百利說：

「他們逃不掉了！我們上！」

三個男孩東看西看，心裡總覺得不踏實。

「你……你確定要進到那裡面去嗎？」多赫弟問，伴隨著大門牙縫漏出的咻咻聲響。

「走！」摩斯火冒三丈，厲聲命令：「**給我跑！**」

三人面面相覷，開始動作……卻沒能前進多遠：只走了幾步就全倒在地上，彷彿撞上了一堵牆。一堵看不見的牆。

「都給我站起來！」摩斯怒吼，「跟我過來！」

諾頓仍趴在地上，驚愕地看著其他夥伴。百利站起來，再次撞上一面牆壁——看不見，卻實際存在，從疼痛不已的肩膀就能知道。面對這些詭異的現象，多赫弟愈來愈不安，決定賭上一雙強健的腿：他突然撲衝向前，使出難以想像的力氣，猛暴地踢了一腳；然後栽倒在地，完全站不起來。幾秒鐘內，那隻腳已經腫了兩倍大。

摩斯一把推開他們，打鼓一般，對著壁面掄起雙拳。

奧斯卡和兩個好友轉過頭去，總算鬆了一口氣。

「是焦慮之牆！」奧斯卡感到萬分慶幸。「跟M字亮光一樣，如果隧道感覺到，對於它所指引的道路，你們的心中欠缺勇氣和意志，焦慮之牆就會出現。而我們得救了！」

牆壁開始往前推，把四名混混逼到隧道入口。摩斯企圖阻止牆面的動作，卻是白費力氣：最後，他跌倒在地，狂躁怒吼。掙扎了一會兒後，他別無選擇，只能退進電梯。其他三個夥伴看起來簡直反而鬆了一口氣，但不敢在老大面前表現出來。電梯門關上，上升到地面。

通行樹彷彿吃到了什麼超級難吃的東西似的，把四個男孩啐吐出來。他們跌坐在公園中央，暈頭轉向。

摩斯想站起來踢夥伴們的屁股，但還來不及做出任何動作，就被一枝結實的枝幹從地面撈到空中。荒涼的公園裡，四個壞小子驚聲尖叫；幾秒之後，已被抬到離地面十公尺的高空。

「我……我有懼高症！」多赫弟再也酷不起來，反而哭了起來。「我要下下下下下去！」

摩斯緊緊抓住葉叢，看起來也不怎麼得意。樹枝開始前後搖晃。男孩們拚命抓穩；然而當通行樹擺盪的幅度夠大了，就把他們拋入空中。

四個混混像四支沖天炮劃過天際。摩斯像個陀螺般不停打轉，睜大了眼睛：他們竟直接被擲往另一棵大樹，一株從庫密德斯會圍牆探出來的大橡樹。

吉祖早就等著迎接這連續四發，開心地在空中就揮拍回擊。路徑偏了，這是摩斯、多赫弟、諾頓和百利最後一次人球飛行，然後四人一起墜落摩斯家的豪宅花園，掉進游泳池正中央，濺起一大束水花，掏空了半池子水。

豪宅的門面上亮起好幾盞燈。魯夫斯・摩斯和妻子下床跑來拉開窗簾：只見噴水池裝置啟動，四團黑影在水柱上方翻滾，兩人都目瞪口呆。

而其中一人看起來和他們的兒子羅南長得一模一樣……

隧道深處的三人目睹敵人遭到驅逐，開心地又叫又跳。

「我們還是得加快腳步才行。」勞倫斯說。「我敢說彭思已經回到屋裡，等不及要把我們逮個正著。」

他們朝隧道出口上路，瓦倫緹娜腳下絆到一團橫躺在地的東西。她整個人趴倒，鼻尖對上一張熟悉的臉孔。

「天啊！」女孩尖叫，「彭思！是彭思！」

奧斯卡在彭思身旁蹲下，拿出鍊墜當照明，靠近管家：彭思的臉蒼白如鬼魅，呼吸十分微弱。勞倫斯用手指輕壓他的頸部。

「奧斯卡，我在你的急救手冊上讀到：這時要算他一分鐘的心跳數。他的脈搏很弱，跳得很快……他這究竟是什麼狀況？」

「毫無概念。」奧斯卡坦承。

「或許又是一個陷阱？」勞倫斯疑心。

「總之，算他倒楣！」瓦倫緹娜嚷起來：「我們只要回去，通知大長老，這樣就能證明他是個叛徒！但是他怎麼會進到這座隧道裡來？」

「既然大樹肯讓我們進來，」勞倫斯提醒，「又為什麼會不讓他進來呢？」

「這不一樣，你們來自體內世界。」奧斯卡猜測。「而且我的鍊墜也很特別，它跟大長老的鍊墜是相通的。」

「說不定他偷了大長老的鍊墜？」勞倫斯提出假設。

奧斯卡猶豫了一會兒，再度俯身湊近總管檢視：他的狀態似乎真的很糟。

「有一件事可以確定。」他說：「彭思不是病族。」

「你怎麼這麼有把握？」瓦倫緹娜問，不懂奧斯卡到底想說什麼。

「因為我曾經進入他的體內。」

「他說得對。」勞倫斯說。「醫族無法進入病族的身體，反之亦然。如果奧斯卡進得去，就表示彭思不是病族。」

「卻無法證明他不是叛徒！」瓦倫緹娜反駁。「說不定他還是站在敵人那邊！」

「這也沒錯。」奧斯卡承認。「不過，假如是這樣，就必須救他。這麼一來，他就不得不向布拉佛先生坦承一切。」

勞倫斯對這個決定仍有幾分猶豫。

「要是我們直接去找布拉佛先生呢？」黑帕托利亞男孩提議。「這麼做比較謹慎，不是嗎？」

「是，但是可能會太遲。反正，對我們沒有差別……只是，如果我們什麼也不做，就要眼睜睜看彭思死掉。」

瓦倫緹娜嘆了口氣。

「好吧！好，我懂了，上路吧！」

「我可以獨自前往。」奧斯卡對他們說。「你們不一定要陪我去。」

兩名好友聳聳肩，各自進入披風就位。

「別說傻話了。」瓦倫緹娜說，**「上路吧！」**

救救彭思！

奧斯卡掀開披風，勞倫斯和瓦倫緹娜環顧四周，感到一切都很新奇。

他們位於一個遼闊的空間，頂部像大教堂那麼高，中央有一個火山口，周圍架設了許多紅色玻璃柱，每根柱子之間的地面上挖有凹洞。孩子們站在兩根柱子之間，凝望中央的火山口：它看起來像個粉紅色大酒杯。

「這是哪裡？」瓦倫緹娜問。黑帕托利亞這些她沒來過的區域永遠讓她嘖嘖稱奇。

「我們在黑帕托利亞巨塔裡。」奧斯卡回答。「莫倫・茱伯特又叫它咀嚼洞穴。」

他們說話有回音，彷彿置身一座真正的洞穴。

「咀嚼？」勞倫斯跟著唸了一次。「彭思就是在這裡……咀嚼食物的？天啊！我們在他的嘴巴裡！」

「我想，沒錯……食物是從這裡經過，但我總想知道它們怎麼到來，之後又怎麼一路掉到輸送工廠。」

勞倫斯四處張望，有點茫然。

「奧斯卡，你為什麼帶我們到這裡來降落？我們時間不多，彭思病得很嚴重，你又想救他……」

「莫倫告訴過我，從咀嚼洞穴過去，有一條捷徑，可以避開輸送工廠和桶槽室……若我記得沒錯，那是一條通往大水網的路。到了那裡，或許能找到什麼人來告訴我們該去哪裡治療彭思，這樣應該比較快。」

「好吧……問題是：你說的那條捷徑在哪裡？」勞倫斯繼續東張西望。

「呃……其實我不知道……」奧斯卡坦承。

一眼望過去，沒看到任何出口。瓦倫緹娜也加入尋找的行列。

「一條秘密通道，可以直達我家，到跨世界水域分佈大網絡。」瓦倫緹娜繞著火山口走一圈，喃喃唸著。「我有印象……有了，我知道了！」她脫口喊道。「我聽姊姊們說過：有一條通道，在舌頭底下！」

「現在，只要找到那條舌頭就行了。」勞倫斯做出結論。「你知道在哪裡嗎？」

「不知道。但如果能弄懂咀嚼洞穴如何運作，」奧斯卡回答，「就能找到。動作快，以彭思的現狀，不知道他還能撐多久。」

他抬起頭。頭上很高的地方，天頂彷彿花瓣，能一片片分開。

「一定是這樣沒錯。」他說。「彭思吃東西的時候，天頂就像唇瓣那樣開啟，食物掉入這座火山口，順理成章地引發上下顎動作。總之，我想我確實在哪裡讀過……」

「什麼上下顎？」瓦倫緹娜不顧危險，探頭往火山口裡張望。「你有看到牙齒嗎？」

勞倫斯拉住她的手臂。

「過來，我們沒時間了，瓦倫緹娜。必須在……」

為了掙脫勞倫斯，女孩甩開的力道大了些，往後踉蹌，踩到粉紅火山口平滑的表面，驚叫一聲，滑落進去。她站起來，抬頭對朋友們喊話。

「沒事。」她說，「地很軟，我一點也沒受傷。我這就爬上去。」

她環顧四周。

「哎喲，到處都黏答答的，好滑喔！」

她終於找到一個固定在地面上的小石頭，踩踏上去。

就在這個時候，藏在柱子之間凹洞裡的馬達強力運轉起來。火山口周圍的凹洞開啟，巨大的白色微凸正方體從裡面伸出，底端固定在機械手臂上；看起來簡直像一朵朵會動的白色大鬱金香。

「牙齒！」奧斯卡大叫。「彭思的牙齒！」

勞倫斯皺起眉頭。

「你們看臼齒上那塊好大的汙點：彭思有一堆蛀牙耶……庫密德斯會難道沒有牙刷嗎？」

所有牙齒都朝中心旋轉，射出紅光，在火山口上方交會。

瓦倫緹娜抬頭望向上面的朋友們。

「發生了什麼事？」她擔心地問。「那些光是什麼？」

在她腳下，地面開始波動，後來甚至整個猛烈搖晃。瓦倫緹娜無法控制，被逼得一直跳，像在跳彈簧墊似的，愈跳愈高。

「有了，我知道了！」勞倫斯脫口喊出。「瓦倫緹娜就在舌頭上！她壓到了食物偵測器，於是舌頭開始把她翻攪彈跳，好讓……好讓她能被牙齒咬到！她會被咀嚼，快想辦法，奧斯卡！」

「別杵在那裡發呆，快幫幫我！」女孩大喊，不停地被拋飛到空中，落下，又彈起。奧斯卡注意觀察眼前這一幕，恍然大悟：只要再跳一、兩次，他的朋友就能抵達牙齒的高度，衝破紅光。那時，牙齒就會偵測到她的存在，把她當成一塊肉，細細咀嚼！

他一把抓住勞倫斯的手臂，拉著他跑。

「喂……這是幹什麼……奧斯卡，不！啊～！！！」

勞倫斯的尖叫消失在火山口裡：奧斯卡剛拖著黑帕托利亞好友一起跳下去。他們也掉到了舌頭上。儘管搖晃劇烈，三個孩子仍努力聚在一起。在他們上方，一顆顆牙齒吊在機械手臂頂端，蠢蠢欲動；可以說它們想探觸火山口的每一吋表面，尋找可以磨咬的祭品……

「這麼一來，我們三人一起，增加了重量。」奧斯卡大聲說明。「舌頭要把我們彈到牙齒的高度就比較難了。」

「但是，到目前為止，」勞倫斯四處亂滾，「我們還在舌頭上面，而你，你要我們去舌頭下方！喂……你又在幹什麼啦？」

奧斯卡不理會朋友說什麼。他解開披風，拋到空中。披風降落地面，奧斯卡又想做一項嘗試。

「奧斯卡，你先想辦法把我們弄出這裡好不好！」瓦倫緹娜大吼。她現在真的頭暈得不得了。

「我正在做！」醫族男孩回答。「如果紅光偵測到披風，上下排的牙齒就會咬合，開始咀嚼！」

「然、然、然、後呢？」勞倫斯被晃得骨頭都要散了。

「然後，一旦咀嚼之後，就要吞嚥，我們就會到『舌頭下面』了，不是嗎？所以，必須強迫彭思吞嚥！」

奧斯卡第三度把披風拋入空中，但舌頭不斷翻攪，他一個沒站穩。披風始終到不了紅光偵測器那麼高，牙齒仍在火山口旁邊待命，等候食物送上來，好讓它們大嚼特嚼。

勞倫斯緊抓住奧斯卡的胳臂和瓦倫緹娜的腿，務求三人不分散。而他終於想到一個辦法。

「奧斯卡！你的鍊墜呢？！拿出你的鍊墜！」

「要做什麼？」

他抬頭看那幾道紅光，不等勞倫斯解釋，也懂了。他在T恤下摸索，拿出鍊墜，朝上方的火山口揮舞。一道金光集中在M字周圍，逐漸變得更亮，很快地形成一道炫目的強光，忽然射向洞穴頂壁。金光截斷紅色光網，所有牙齒都豎起來：它們偵測到某樣事物！機械手臂反覆彎曲伸長的動作，三十二顆牙——其中兩顆是金的——，互相碰撞，嚇人地格格作響。

瓦倫緹娜高興得歡呼。

「成功了！它們開始咀嚼了！你成功了，奧斯卡！」

「小心，」奧斯卡警告，「彭思即將做出吞嚥的動作，我們腳下的舌頭會打開，而我們就會掉進去！抓緊邊緣！」

正如奧斯卡所言，火山口分裂成好幾個板塊，三個孩子緊攀住邊緣，懸在半空中。

奧斯卡朝下方望了一眼：咀嚼洞穴位於地面，而地下十幾公尺之處，就在席亞淋湖附近，他能看見儲存工廠和輸送工廠的工人們已經就位，只等咀嚼過的「食物」從口腔掉落，就能灑上消化液，裝載到貨車廂上。

他又轉頭四處張望，一定要找到莫倫提起過的舌下通道。

「這裡！」瓦倫緹娜大喊，「在凸壁下方，那些洞！過來這裡！」

沿著洞內凸壁，兩個男孩下半身懸在空中，只能用手臂的力氣，一點一點地緩緩移動，終於來到那些洞的前方，跟瓦倫緹娜會合。他們現在位於一個入口處，壁面上鑿有好幾條隧道。

勞倫斯的體重最重，實在撐不住了。

「要怎麼……怎麼樣……知道……哪一個洞才能……正確……通往……捷徑？」男孩氣喘吁吁地問。

奧斯卡用一隻手牢牢攀住壁緣，另一手幫忙撐住好友。勞倫斯對他微笑：奧斯卡稍稍分攤了他的負擔，但他知道，這個醫族男孩也撐不了多久。

奧斯卡數了數：至少有十條隧道。只能碰運氣，隨機選一條了。

瓦倫緹娜毅然決然地仰起頭。

「奧斯卡，你說過，那條捷徑能直達大水網，不必經過輸送工廠和桶槽室，沒錯吧？」

「是的。」男孩確認。「總之，莫倫是這麼告訴我的：我們會掉進一條伏流。」

瓦倫緹娜把自己盪到十幾條隧道入口前。過了一會兒，她望著好友們，笑容滿面。

「這裡！就是這一條！我確定！」她用下巴指著最細窄的那一條隧道。

「妳怎麼知道？」勞倫斯問。

「因為，我的海洋和河川有一股特殊的氣味，無論走到哪裡，我都辨認得出來！我剛剛在這些洞口聞過了，就是這一條，我百分之百確定！」

「好！」奧斯卡說，「反正也沒有別的選擇了，總要試一條。既然妳在最前面，重責大任就交給妳了！」

瓦倫緹娜前後擺盪，等力道夠了，便鬆開舌緣，順勢躍入洞內。她消失了一會兒，又快步回到洞口。

「沒錯！」她說。「該你了，勞倫斯。不要往下看，只要看正前方，朝洞口來。」

男孩沁出大顆汗珠。他擔心無法成功跳進洞裡，卻墜入下方一百公尺深的輸送工廠。如果奇蹟出現，他沒摔死的話，又該怎麼去找好友們呢？

「加油，勞倫斯，別怕。」奧斯卡對他說。「我會推你一把，瓦倫緹娜一定會接住你的。加油！」

勞倫斯用力吸了一口氣，前後擺盪起他圓滾滾的身軀，盪了又盪，然後鬆手。他的雙腳剛好碰到隧道邊緣，平衡了幾秒鐘。瓦倫緹娜抓住了他的手，但他太重了，女孩沒有足夠的力氣把他往裡面拉。突然一個撞擊，他頭上腳下地栽入隧道：原來是始終懸在他後方的奧斯卡踢了他一屁股！勞倫斯揉著臀部，氣呼呼地。

「抱歉，勞倫斯，不過，不這麼做的話，你就會往後跌下去！現在，閃開！」

勞倫斯朝隧道裡面後退，奧斯卡縱身一躍，跟好友們會合。再晚一步就來不及了：舌頭剛好闔上。

「我們走吧！」說完，他便衝進隧道裡。

瓦倫緹娜說得沒錯：他們愈往前走，從大水網順風飄進地道裡來的氣味就愈容易辨認。藉著鍊墜的亮光，走過蜿蜒曲折的路徑，他們總算到了出口；映入眼簾的，不是一條河，而是一片海灘，大海波濤洶湧，在岩石下方轟隆迴響。

三人這才發現，有成千上萬的人朝四面八方奔跑，倉皇焦急。奧斯卡仔細觀察：其中有些人身穿銀色反光制服，模樣像軍人；另一些人像工人；還有些人看起來就像是一般老百姓。在他們之中，有很多人絕望地繞著他們擱淺的船隻或斜躺在岸邊的潛水艇團團轉。

瓦倫緹娜跑上浮橋。這座浮橋本來應該伸入海面上，但血紅的海水似乎水位下降不少，以至於現在是架在一片沙地上。只有盡頭處還能讓船隻停靠而不觸礁。

一艘軍艦正準備出發。一群人急著上船——大部分身穿銀色制服。他們戴著閃亮的鋼盔，附有黑面罩，完全看不清後方的臉孔。盾牌整齊地排成一列，士兵們顯得十分緊張，等不及要出發。

「你們看！」瓦倫緹娜又跑回來，「水位下降了，所以能看見水底，海岸線也退得好遠！」

奧斯卡也走到岸邊。海面上漂浮著一些奇怪的東西。

「那是什麼？」

「從黑帕托利亞漂過來的殘骸，但也可能是從其他世界來的。」勞倫斯也過來一起觀看，聽了之後回答。「這不是好現象。」他頗為擔憂。「這表示，這裡幾乎到處缺氧，並已有部分遭到破壞。殘餘物被沖入大水網。」

奧斯卡探出上半身：稍遠一點的海面上，有一些比較長的，橢圓形的物體漂流。他瞇起眼，一道閃電劃過，照亮一幕悲慘的景象：許許多多的屍體，正被海水沖上岸。有幾具已漂到他們附近，黃色的皮膚清晰鮮明。

勞倫斯的臉色發白。

「他們是……黑帕托利亞大山裡的人。是我的族人。」他語帶哽咽，「但願我的家人平安無事……」

奧斯卡很想安慰他，卻不知道該說什麼才好。瓦倫緹娜鑽到兩人中間。

「我問過那邊的人了。」她說。「大山附近的大門河血液氾濫，淹沒了山谷，到處成災。所以大水網裡的水位才會下降。許多紅血球也遇難了。」女孩說著也垂下眼睛。

醫族少年努力給失去族人的兩位好友一個微笑。他自己從小沒有父親，很清楚那是什麼感受，頓時覺得與兩人又更親近了些。

「我們還是得走了。」他說。「或許就是這件事危害到彭思的性命：他嚴重失血。我們要想辦法救他……或許，同時也能拯救你們的族人。」奧斯卡安慰兩位好友。

瓦倫緹娜拭去臉頰上的淚珠，整理好紅色髮辮，顫抖著擠出一絲笑容。

「你說得對。」她漸漸找回活力。「我們該走了！必須拯救這個可惡的彭思，儘管他對我們做出那些事！」

「這艘軍艦要開去哪裡？」勞倫斯問。

「大河門那裡。」瓦倫緹娜回答。「好幾個血栓細胞軍團都上船，全力抵擋血液流失；奧斯卡，在你們的世界，我記得沒錯的話，這種現象叫出血。」

「對。」醫族少年記起魏特斯夫人教過的字眼，點頭證實。「妳說的那些血栓細胞打算怎麼做？」

「血液從大河氾濫，就表示本來有一座堤防。他們會堵住缺口，並修復河床。但大門河非常寬闊，工程必定十分艱難⋯⋯」

「無論如何，若我們要去那裡，就必須跟上他們。」勞倫斯理出結論。

「不能等他們，我們必須更早到。」奧斯卡說。「但該怎麼做呢？」

他轉頭望向瓦倫緹娜，但女孩已經不見了。兩個男孩猜不透她腦袋裡在想什麼。但是不到一會兒，他們就聽見她在喊他們：她人在浮橋最前端。他們連忙跑過去。

「快來幫我，並照著我的話去做。」她附著他們的耳朵小聲說。「一看到我的信號，你們就想辦法引開那個傢伙的注意，那邊，浮橋邊上那個大個兒。」

「但是——」

「噓！」她不讓勞倫斯插嘴，「安靜，相信我一次。」

幾秒鐘後，她已溜到那個跟她長得很像的大塊頭身邊；想必他也是一顆紅血球。她對他展開燦爛的笑容，把滿是雀斑的漂亮紅臉蛋湊過去，一副天真小女孩的模樣。大個兒也對她笑了一下，然後就不再理她。她偷偷舉起手：暗號！

奧斯卡和勞倫斯互相對看了一下，然後奧斯卡下了決心：

「先生，麻煩您！」

大漢抬起眼，看看他們。

「先生，我朋友突然不舒服，可以請您幫幫忙嗎？」

勞倫斯扶了扶眼鏡，對著奧斯卡瞪大眼睛，然後倒進他的懷裡。被突如其來的重量一撞，醫族男孩稍稍搖晃了幾步。

「這是回報你剛剛踢我屁股。」勞倫斯悄聲說。

男人連忙向他們跑來。

「發生了什麼事？」

勞倫斯繼續在奧斯卡身上多掛了一會兒，然後開始呻吟，彷彿受了致命的重傷似的。男人抱住他的肩膀，將他抬了起來，讓滿臉通紅幾乎窒息的奧斯卡喘口氣。男孩的臉色恢復正常後，總算能開口。

「我不知道，他……他肚子很痛。這個地方。」他說著伸出一根手指，使出全力狠戳一下勞倫斯的胃，害他又痛得叫了出來——這次是真的很痛。

奧斯卡強忍笑意，彎腰悄聲對好友說：

「這樣，至少，你叫也叫得有點意義……」

「這筆帳你遲早要還我。」勞倫斯從牙縫中迸出一句。

男人仔細檢查勞倫斯的身體，很是詫異。

「可是……我什麼也沒看到！一點外傷的痕跡也沒有。」

勞倫斯睜開眼，停止哀嚎。

「您確定？」

「你自己看看！」大漢惱怒了。

「很好，」勞倫斯站起身：「這就表示我很健康囉！」

男子以一種不信任的眼神打量兩人：他有一種不舒服的感覺，似乎被這兩個孩子耍了。

「您曉得的，親愛的先生，跟像我的朋友奧斯卡這樣一個醫族一起散步，最棒的就是這一點。」勞倫斯已經不知該如何收場了，說得結結巴巴：「他們一瞬間就能治好最嚴重的傷。」

他轉頭向奧斯卡求救：他能說的都說了，而那位大個兒看起來很生氣。

「瓦倫緹娜那傢伙到底在幹嘛啊？」他低聲抱怨，「我有預感，事情會變得很難收拾……」

就在這個時候，一艘紅牛艇如火箭一般衝出水面，完美地停在兩個男孩正前方。艙門升起，奧斯卡認出那兩根晃來晃去的紅辮子。

「快，快上來！」

兩個男孩不等她再催促，立即躍入潛艇中。瓦倫緹娜驚呆了，盯著勞倫斯猛看。

「哇！我從來沒看過你跳這麼遠！」

「開船，快！」男孩求饒。

浮橋上，大個兒一時間還沒反應過來發生了什麼事。他轉頭去看，而等他恍然大悟，早已太遲。

「喂！喂！！！我的環球紅牛！臭小鬼們，給我馬上回來！卑鄙的小偷！」

他又吼又罵，但三個孩子很快就聽不見了：艙門已關上，瓦倫緹娜將小艇潛入海底。

「厲害！」奧斯卡對她說，「這招夠狠！現在，我們連潛艇都偷了！但願那個人趕快忘記我的名字，要不然魏特斯夫人會殺了我！」

「對，不過這可不是隨隨便便的潛艇。」瓦倫緹娜眼裡燃著興奮。「這是一艘四人座環球紅牛D6，最新款！太棒了！」她按下一個鈕。

潛艇加速，如魚雷一般飛出。三個孩子緊貼在座椅上，瓦倫緹娜開心得快瘋了。

「慢一點啦！蠢蛋！」勞倫斯嚇得大叫。「妳根本不知道怎麼開這艘船，也不知道路！」

女孩聳聳肩。

「噢！拜託！首先，我會開D5，那D6應該也差不多，不是嗎？再來，你知道這是什麼嗎？」

勞倫斯真氣自己竟然有不知道的東西，最後也只好搖搖頭。

「這叫做GPS，全球定位系統，萬事通先生。我已經把去大門河的資料輸進去了，只要照著它所指的路去開就對了。所以，夥伴們，上路囉！呀呼！」

瓦倫緹娜再度加速；三人確切依照GPS的指引，在血紅色的水中穿梭，直到河流穿出地表，來到黑帕托利亞的夜空下。

在即將抵達目的地之前，交通變得壅塞不堪。水面上，各式各樣的船隻攢動，而水底下也擠得水洩不通。瓦倫緹娜在潛艇、懸浮水面的痞質、各種型號的紅牛艇和奧斯卡從未見過的水底生物之間蛇行穿梭：有五顏六色的球狀物，背上長滿刺；還有超級巨大的蟒蛇、複雜的機器，以及構造精緻得像迷你工廠模型的玩意兒。

「這裡什麼都有。」瓦倫緹娜解釋，並繼續以時速三百公里的速度大蛇行：細菌，垃圾，大批從一個世界送往其他世界的貨物。這還沒把數不清的各世代款式的環球紅牛算進去呢……你看見那艘潛艇了嗎？那是一輛淋巴細胞巡邏艇。」

「他們是幹嘛的？」

「他們是警察！」經過巡邏艇的時候，瓦倫緹娜放慢了速度。「他們的任務是擋下危險的物質，但我相信他們也監控道路交通。好極了！」她話鋒急轉，「我一直講，一直講，差一點就錯過去大門河的出口！」

她來了個急轉彎，媲美一級方程式的賽車手，在最後一秒鑽出了出口。

他們進入一條狹窄的運河，航行了一段之後又通到另一條河川，愈往前，河道愈寬。

瓦倫緹娜朝螢幕看了一眼，拿掉先前戴上的駕駛專用眼鏡，轉頭對兩位朋友說。

「朋友們，歡迎來到大門河。」

現在，她不得不放慢速度。在他們的周圍，軍用潛艇順流而下，一艘艘超越他們。其他百姓的船隻，則逆流逃亡。奧斯卡指著一艘滿載血栓細胞的超級環球紅牛；大水網的消防艦開出一條路，以便盡速抵達出血地點。

「瓦倫緹娜，跟上他們！」

女孩聽令行事。不到一會兒，紅色血水中透亮的光線黯淡下來。勞倫斯不禁擔心。

「發生了什麼事？」

「不知道。」瓦倫緹娜回答。「我升上去看看。」

潛艇浮出水面，孩子們透過透明艙頂向外看，那是一幅熟悉的風景。

「大山！」勞倫斯激動地喊道，沒想到能再見到這座山，他非常感動。「是大山的影子覆蓋了河面！」

奧斯卡靜靜凝望風景。上一次，他是從一條支流抵達大山後方的出口。而此處的山景磅礴壯觀：大河筆直地流入山谷，平常時候，豐沛的流量直達黑帕托利亞大山入口。然而今天，水流能量不足，必須利用潛艇馬達補充動力。

「看來出血情況嚴重。」勞倫斯說。「大河的水位降低這麼多，已經失壓了，無法向前流動。但願我們沒來得太晚……」

「你們看！」瓦倫緹娜大喊，「就是這裡！」

奧斯卡貼上艙門，以便把眼前的情況看得更清楚仔細。

就在深入大山核心之前，血水聚集成一片遼闊的水窪，而河床裡似乎所剩無幾。

「幾乎所有的一切都被河水沖走了。」勞倫斯哀聲嘆氣地說。「他們一定都缺氧，而且大山礦坑裡，用來製造漿液的原始材料也都沒了。說不定他們全都會死？」

「沒辦法再前進了。」瓦倫緹娜說。「水位不夠深，再往前就太冒險了。總之，船也前進不了多遠，我們還是得停下。」

「那就想辦法停靠在這座浮橋旁邊吧！」奧斯卡要求，「我們用走的進去。」

過了一會兒，三人走出環球紅牛D6，瓦倫緹娜回頭望，最後再看潛艇一眼，露出滿足的表情。

「真不錯。」她說，「爬坡稍嫌軟弱，但整體真的很不錯。」

奧斯卡拉拉她的手臂，三人朝大河入山處跑去，那就是失血的地點。

他們到達目的地後，發現氣氛極為慌亂。

血栓細胞早他們一步抵達，正試圖堵住到處溢流的河水。一隊人馬沿著堤岸排成一列，拿著大盾牌，奮力把一波波潮水推回去；另有一批人則趴在地上，填補河床。

「究竟是什麼原因，竟然能把堤防破壞成這樣，導致氾濫成災？」勞倫斯不解地問。

一個爆炸聲回應了他，就在不遠處，響徹附近整個山區。

「這是什麼？」瓦倫緹娜生平第一次聽到這麼大的爆炸，不由得膽戰心驚。

「快來！」奧斯卡說。「聲音來自對岸，我們得過河去！」

想當然，沒有人願意載他們渡河。他們只好走到入山口，通過一座跨越河上的橋。在橋的另一端，他們看見河流入山口上方的丘陵頂端，有一個身穿紅領黑衣的男人，臉孔用黑色頭套罩住。

「奧斯卡！」勞倫斯大喊，「在那裡！你看！丘陵山頂上，有一名病族！是他炸壞了河堤，讓河水氾濫！」

孩子們目瞪口呆，面面相覷：竟然有一個病族進入了彭思體內，而且想殺掉他！怎麼可能呢？彭思不是出賣了他們，把奧斯卡和朋友進入帕華洛帝體內的消息洩漏給病族嗎？

他們實在被搞迷糊了，但現在想弄清楚也來不及了；當務之急是先拯救管家。

奧斯卡領頭，朝病族衝過去。一路上，他緊緊握住鍊墜，給自己勇氣；另一手則伸入口袋，抓著家庭小相本。勞倫斯和瓦倫緹娜緊跟在他後面。

病族發現了三個孩子，他們和剛下軍艦的血栓細胞同時上橋；而血栓大軍後面還跟著一團全副武裝的淋巴細胞。軍隊也發現橋的另一端有一名病族，全速朝這個方向前進。

山頂上的病族十分冷靜，悠哉地觀看堤防上各種慌亂的行動。奧斯卡不敢掉以輕心，擋下朋友們。

「你們看！」他說，「他似乎完全沒把來勢洶洶的身體警察看在眼裡……」

黑衣男子靜候，等大部分士兵都來到橋中間；他舉起手，掌心裡有一個小鐵盒。他微微一笑，按下遙控器，引發一次大爆炸。硝煙散去後，橋已消失，士兵都沉入河裡。只有幾面血栓細胞的盾牌還漂浮在水面上……

一陣狂妄的奸笑從山頂傳來，讓三個孩子毛骨悚然：親眼目睹這一場悲壯的犧牲，他們都震驚得說不出話來。

「卑鄙小人！」瓦倫緹娜怒吼，閉著眼睛不敢看那慘烈的屠殺。

河的對岸響起一個聲音：

「怎麼樣，醫族小子，你為什麼不過來找我啊？為什麼不和你的朋友們過河來，跟我較量較量？」

奧斯卡憤怒到了極點。

「懦夫！」奧斯卡大喊，聲音隨風傳得好遠。「要不是你把橋給炸了，我早就已經過河，讓你見識到『醫族小子』的厲害！」

「說得好，奧斯卡！」瓦倫緹娜高喊；她一樣義憤填膺。

男人笑得更厲害了。

「看得出來，你跟你老爸一樣不知天高地厚，不過他已經得到了教訓……別怕，你很快就能體會相同的命運。」他揮舞著手中的方盒。「你們最好把皮繃緊一點：我們的魔君已恢復自由，而且，這一次，沒有任何人能抓住他！再也沒有了！」病族站在山頂上狂吼。

聽到這些話，三個孩子不禁起了一陣雞皮疙瘩。奧斯卡握緊拳頭。這個人竟敢侮辱他父親，君子報仇，三年不晚。病族這番話讓他更加明白為何布拉佛先生、魏特斯夫人和其他長老都把病族大長老越獄這件事看得這麼嚴重。

又一聲爆炸，離他們很近，再度將大河中的血水釋放，整座谷地幾乎都被淹沒。許多潛艇打算靠岸，但河水愈來愈淺。遠處，載運血栓細胞的軍艦無法繼續向前，只怕船底要觸到河床了。軍隊被迫先下船，距離爆破點還很遠。等他們抵達，想必已經太遲，彭思早已失血過多。

勞倫斯率先反應過來。

「奧斯卡，我們得做點什麼，而且要快！」他說。「不久之後，就輪到我們要被炸了，那傢伙是個瘋子！你難道不能施展鍊墜或是披風或還有什麼？我不知道啊！」

奧斯卡看著他的字母鍊墜，無能為力。

「我還沒有全部學會，而且，總而言之，醫族最厲害的武器是我們從各個世界取回的戰利品。」他既懊惱又沮喪。「目前，除了讓我的披風飛起來，或者拿來保護我們以外，我沒什麼其他本事！」

接下來這次爆炸真的離他們很近，掀起一大束水花，濺得三個孩子一身濕淋淋。他們使出全力，緊緊抓住斷橋殘骸，以免被水沖走。

瓦倫緹娜氣急敗壞地踩踏泥濘的河床。

「這個天殺的病族！但願我能把他也給淹死，或打死，或用雷劈死，怎樣都好！」

奧斯卡轉頭看女孩，眼神發亮，然後又抬頭仰望漆黑的天空。

「妳能把剛剛的話再說一遍嗎？」醫族少年要求。

「呃……我只不過說，最好能把他……」

「……用雷劈死。」奧斯卡重複她的話，目光落在不斷在空中劃出之字亮光的閃電。「當然！多虧你們兩位，我們或許有一線機會！」

他解開披風，把鍊墜放在上面。

「現在，上升吧！我的披風，上升！」

披風舒展開來，從奧斯卡手中揚起。幾秒鐘過後，它已帶著鍊墜升到空中，朝天頂飛去。奧斯卡與好友們互看了一眼。

「但願能成功，否則……」

「你在做什麼傻事？！」瓦倫緹娜哇哇大叫。「沒有了披風，就什麼事也做不成了！沒有字母也不行啊！我們永遠走不出這裡了……」

勞倫斯則一言不發，靜靜望著披風上升。

「當然沒錯！」他終於開口。「鍊墜是金屬做的！如果能被一道閃電打中，就會帶有大量電荷！」

瓦倫緹娜也凝視披風和鍊墜愈飛愈高，心怦怦怦地跳。

「上升啊！」她開始祈禱，「上升，小披風，你千萬不能拋下我們……」

就在這個時候，一陣狂風大作，將披風吹得搖搖晃晃。病族剛引爆遠處一顆炸彈。他不太知道奧斯卡到底想做什麼，不過不敢掉以輕心。他希望利用爆炸的威力震落鍊墜。又一次爆炸，剛好位於披風正下方，但並未妨礙它繼續爬升。孩子們屏住呼吸。勞倫斯閉上眼睛，瓦倫緹娜躲在奧斯卡身後，不敢看到萬一披風落下的畫面……

可惜，最後一次的引爆成功了：爆炸的威力將尚未抵達理想高度的披風震得打轉，鍊墜從布巾的一邊滑到另一邊，驚險萬分，終於掉入空中。

就在這個時候，載滿電荷的天空劃出一道強烈的大規模閃電。河谷與大山都被炫目的閃光照亮。在場所有人都停下所有動作，呆愣地抬頭仰望。閃電拉長擴散，將墜落中的金屬字母擊個正著；火花灑落在一旁的披風上，甚至竄出火焰。

鍊墜變成一團火球，把曲折的閃光拋在後方，瞬間飛越天空，落在呆若木雞的病族所站立的山丘上。

一聲淒厲的慘叫響徹山區，伴隨一場大爆炸，土塊炸飛碎裂。等塵埃落定，水花不再噴濺，三人眼前炫目的閃光逐漸消失，整座丘陵已化為烏有。什麼都沒有了……除了一條紅領巾，飄落橋下。

三個孩子氣喘吁吁，總算放心。然而，這一次，沒有歡呼雀躍：有人死去，儘管是想加害於他們的敵人，他們實在開心不起來。

奧斯卡急忙跑去撿起披風。感謝奇蹟，它落在河的這一岸。雖然聞起來有點焦味，但很幸運地，沒被雷電劈壞，只有幾個淺淺的焦痕，幾乎完好如初。他披上披風，凝視丘陵，神情肅穆。對於這件事，他也必須習慣：戰鬥殘酷無情，直到最後一秒。然而，對一個十二歲的孩子來說，要接受這樣的現實，畢竟嫌太早了些。

一道金光越過漆黑的天空，字母與項鍊飛來繞在奧斯卡的頸子上。瓦倫緹娜和勞倫斯走到他身邊；血栓細胞大軍終於能繼續航行，展開他們的工作。

「如果大門河的血水沒有流失太多，」瓦倫緹娜看著他們行動，說：「他們還來得及拯救彭思。」

「但願如此，即使他是叛徒。況且，我非常想知道，如果他們是一夥的，為什麼病族會在他體內，並想殺掉他……」

「或許他想殺的，是你，奧斯卡。」勞倫斯猜測。

「不可能。」奧斯卡回應。「他們知道我們要進入帕華洛帝的體內，卻無法預測我會來到彭思的身體裡！」

「但是，那個病族認出你來了——」

瓦倫緹娜打斷他們的談話。

「有一個人一定能回答你所有的問題，奧斯卡。那就是醫族大長老。我們回去好不好？」她的笑容顯得疲憊。

就在他們討論的時候，血栓細胞的艦艇已成功地行駛到大山入口。修復工程已經展開，水位明顯上升。

勞倫斯爬上被病族摧毀的斷橋。

「很抱歉，我要講一件讓你們傷腦筋的事。」他說。「但是，有個大問題……」

奧斯卡和瓦倫緹娜走到男孩旁邊，不需他多做解釋，兩人也立即明白了：大軍艦擋在河道上，他們的潛艇整個被卡住，總之，想逆流回航十分困難。

「而且，如果不趕快想出辦法，只在這裡空等，」勞倫斯進一步說，「不久後，我們就會被淹沒！你們看，有了血栓細胞介入，水位已經上升不少。我們也無法渡河到對岸，登高到丘陵上避難：橋已經被炸毀了！」

「只剩一個辦法了。」奧斯卡說。「進入山裡。找到出口，從山的另一面離開，一直航行到我們認識的那條河上，瓦倫緹娜。在那裡，或許能跟上次一樣，找到醫族蛇杖！」

「你來帶路，勞倫斯。」瓦倫緹娜直接宣布：「這裡是你家，不是嗎？」

勞倫斯點頭，顯得很緊張。

「那我們就快走吧！過一會兒，水位就會漲得很高，那麼，我們就無法沿著堤防進入大山裡了。」

飛行特技

血紅的河水不斷上漲，夥伴三人沿著河岸跑了起來。

他們進入了一座巨大的山洞，洞頂上裝了幾千盞投射燈，人造光線灑落下來，宛如滿天星斗。奧斯卡只有一個念頭：回到屬於他的孩童世界。

勞倫斯對大山的一切瞭若指掌，走在一行三人最前面帶路。他們走過洞穴中蜿蜒的路徑，爬上一座階梯，來到高山上一片大平台。從高處望去，大河入山的景象更為壯闊。第一批血栓細胞深入山區，而礦坑裡的黑帕托利亞人終於帶著疲憊的面容現身。氧氣及時送達。

勞倫斯轉身對朋友們說：

「你們千萬要緊緊跟在我後面。」

三人走入一座錯綜複雜的迷宮。瓦倫緹娜和奧斯卡不敢分心去東張西望，以免跟不上嚮導而脫隊。他們知道，要是沒有他，自己一定走不出這個地方。

溫度不斷上升，奧斯卡穿著披風，汗珠滾滾滴下。彷彿過了無窮盡的時間之後，終於走出迷宮，進入一座宛如蜂窩的遼闊大廳。

奧斯卡和瓦倫緹娜停下腳步，癡迷地望著眼前的風景。

在他們面前，大廳盡頭之處，牆上鑿滿了凹洞，每一個洞室都用一扇霧面玻璃遮住。一間凹室是一個人大小，每扇窗後都透出一點黃色微光，彷彿裡面裝有一盞燈泡。這面凹室牆將整座大廳映成一片金黃。

為了能觀看得更清楚，奧斯卡往前靠過去：每一間凹室下方鑿有一個小孔，一種液體從這個孔裡涓涓流出，他一眼就認出來：這是膽汁，是他朝思暮想的黑帕托利亞漿液。在一列列凹室之間，有一道溝渠從最上層往下，收集每一列流出的膽汁。

牆腳處，黑帕托利亞人們辛勤地工作著，裝滿一個個膽汁儲存槽，然後用卡車載運。奇怪的是，這些黑帕托利亞人長得跟勞倫斯不一樣：他們的膚色完全正常，或許因為熱，所以有一點泛紅，僅此而已……

「大山的礦坑啊！」奧斯卡懾服讚嘆。

「依你看，這些卡車要開往哪裡？」瓦倫緹娜問他。

「想必是去膽囊大湖，儲存膽汁的水庫。」奧斯卡回答。「妳還記得嗎？其實就在大山出口附近。」

「我們也是，應該要往大山出口的方向走。」勞倫斯打斷他們。「快點！像你們這樣拖拉下去，永遠都到不了！」

他看起來明顯不自在，無法忍受在這個地方多待一秒鐘。他拉扯瓦倫緹娜的衣袖，但女孩的眼睛始終盯著那座大蜂巢。

「勞倫斯，玻璃窗後面，那些凹室裡有什麼？除了那盞黃色燈光之外，什麼都看不清楚……」

「沒什麼。」勞倫斯急著說。「什麼也沒有。那裡是製造膽汁的地方，就這樣。現在，我們該走了，要不然，一旦我被認出來，就永遠離不開這裡了。」

他的好友們乖乖照著他的話去做。他們懂他：勞倫斯盡了最大努力要帶他們離開山區，只怕一件事，就是被迫留在這裡。但瓦倫緹娜和奧斯卡從未見過他如此緊張，似乎有什麼其他隱憂瞞著他們。

就在即將離開礦坑的時候，奧斯卡注意到有兩名工人爬上了一座鷹架，整修一個凹室；一片喧譁嘈雜之中響起了鋸子和鐵鎚的巨響。奧斯卡又看了最後一眼，卻當場僵直，無法動彈。

兩名工人剛拆下凹室的霧面玻璃，露出內部的景象：凹室裡，一個中等身材的男人手腳被銬上鐵鍊，躺在一張石桌上，桌下燃燒著一盆爐火。他的膚色和勞倫斯一樣蠟黃，體型也一樣渾圓。他全身赤裸，在熱力加溫之下，皮膚滲出黃色的汗液：唯獨這座礦坑才有的液體：黑帕托利亞漿液。

工人在那可憐的男人口中插入一根管子，然後走出凹室，重新架上玻璃。

瓦倫緹娜和奧斯卡目睹這恐怖的一幕，驚愕不已，呆若木雞。身後響起的聲音嚇了他們一跳。

「現在，」勞倫斯垂著頭說，「你們知道膽汁是怎麼製造出來的了。」

他不敢看他們，而他們也一言不發。

「我不是一般的黑帕托利亞大山居民。」他終於坦承。「我屬於肝細胞家族。我們跟其他人不一樣：在高溫炎熱與透過插管餵入的食物雙重作用之下，我們的身體會製造漿液，從皮膚上滲出來。沒有我們，礦坑就生產不出任何東西。」

「因此，你的家人不希望你離開。」瓦倫緹娜為好友感到十分悲哀。

「對他們來說，身為肝細胞是一項偉大的榮耀；我卻不這麼認為！我不想一輩子被關在那個小房間，躺在一個火源上方，不能旅行，不能讀書，連動也不能動！我不敢告訴你們真相，怕你們會覺得我選擇了逃避，是個懦夫。」

「你才不是懦夫！」奧斯卡連忙對他說。「你太聰明了，懂得不該待在凹室度過一生，我非常了解。那太恐怖了！總而言之，我們比較喜歡你跟我們在一起！」

他神情堅定地看看瓦倫緹娜，暗中踢了她一腳。

「當然！」瓦倫緹娜附議，還有點受驚嚇影響。「總而言之，你知道的，我也一樣，這差不多是同樣的事：我也不想在環球紅牛裡過一輩子……」

勞倫斯總算放下心中那塊大石頭，對他們露出笑容。

「好了，現在，我們總算可以回『家』了吧？」

「耶！」瓦倫緹娜大喊，「全體目標：庫密德斯會！」

三個孩子離開礦坑，又穿越了一座錯綜複雜的隧道迷宮，終於來到一條比較寬敞的通道入口。奧斯卡想起來了：這裡是膽管隘口，是出山的途徑；他曾目睹飛機在隘口盡頭的山洞起飛降落。

「就這裡，」勞倫斯氣喘吁吁地說，「就快到了。不過不走上次那條路。我們要沿著膽囊大湖繞到水壩另一端，不從囊道的吊橋過去，這樣就不必冒任何危險。走到底就是出口了！」

奧斯卡放慢腳步，兩位好友轉過頭來，停下等他。奧斯卡注視著他們。

「又怎麼了，奧斯卡？」瓦倫緹娜問，「有什麼事……」

她話說到一半便打住了。只見奧斯卡掀開披風，腰帶上的第一個皮囊打開，水晶瓶升到空中，瓶身閃耀如一團火焰。瓦倫緹娜明白好友在想什麼：他必須取得第一世界的戰利品。現在是他完成使命的時候了，做所有醫族該做到的事，取得通往第二世界的權利。

勞倫斯走到他們身邊，嘆了口氣。

「噢，不！不會吧……我們永遠也走不出這裡！」

奧斯卡向前衝出隧道，進入膽囊大湖所在的廊穴。一座很長的高台沿著遼闊的洞穴建造，整整繞一圈。下方十幾公尺之處，黃色的湖水平滑無波，如一面琥珀鏡子。

兩名好友趕到。

「你要怎麼裝滿水晶瓶呢？奧斯卡？根本沒有梯子可以下去。」

「而在高台盡頭，那裡有什麼？」

「停機場和出口！快！快來，錯過這次就沒有下次了！這中間發生了這麼多插曲，布拉佛先生不會怪你的……」

奧斯卡跑了起來，瓦倫緹娜和勞倫斯跟在後面，但當後面這兩人抵達大山出口時，奧斯卡已經不在那裡。

「奧斯卡！」瓦倫緹娜放聲大喊，「奧斯卡！」

「我在這裡！」好友的聲音傳來。

他站在稍遠的陰影裡，動也不動，目光堅定。

勞倫斯搖頭。

「噢，不！嗯？別告訴我你打算……」

「娜娜，」奧斯卡不理會那個抱怨連連的夥伴，「妳會駕駛這個嗎？」

女孩靠過去，眼睛亮了起來。

在他們面前，三架飛機，機鼻朝著出口，引擎靜止。停機場裡沒有別人，而且顯然現在也不是出勤澆灑膽汁到食物上的時段。彭思已經幾個小時未曾進食，飛行員們應該正在休息。

瓦倫緹娜遲疑了一下，不是很有把握。

「你知道的，環球紅牛跟這個不是同一種東西，畢竟簡單多了……不過我可以試試看。」她不想讓好友失望。

「不！不能這樣，你們兩個的腦袋都有毛病啊？」勞倫斯著急地嚷了起來。「『我可以試試看』……你們以為這是哪裡？這是真正的飛機，不是在玩你的PlayStation！而且，首先，你為什麼要用到飛機？我知道一條路，只要順著那條路下山，找到蛇杖，就能回到藍園地底的隧道。蛇杖標誌一定就在某個地方！」

奧斯卡卻不肯讓步。

「我知道你很急。」他回答。「如果想找到蛇杖，就更有必要飛越這整個區域上方，爭取更多發現的機會。這很重要，所以我們必須利用這架飛機。」

「那麼，我就來試著駕駛。」瓦倫緹娜自告奮勇。

勞倫斯翻眼瞪著天空，氣急敗壞。

「這個奧斯卡，真是頭頑固的騾子！好，好，你們讓開點，去找空橋梯過來，我來駕駛啦！」他以宣布的口吻說，並越過兩人，走到前頭。

「你？！」瓦倫緹娜放聲大笑，「喂！我們說的是『駕駛一架飛機』，不是讀一本書喔！」

「正是如此沒錯。」勞倫斯冷冷地回應，自尊被激怒了。「要是妳多讀一點書，就會知道，從書裡可以學到很多東西。剛好，我讀過這些飛機的整本操作手冊，因為我本來打算開一架逃出這裡！」

「你已經用其中一輛飛過了嗎？」這個消息讓奧斯卡聽了一愣，問道。

勞倫斯吐吐舌頭。

「呃，事實上……不，從來沒有。不過，只要懂得理論，實踐起來應該就不會很複雜，不是嗎？」

其他兩個孩子互看了一眼，頗為擔心。

「很好。」勞倫斯說。「既然這位小姐凡事都比別人有天分，那好，請，我把駕駛座讓給妳！如果妳的駕駛技術跟開環球紅牛什麼的差不多，那就完了……」

「好啦，好啦。」奧斯卡說，「我們相信你。」

「那就走吧！」勞倫斯說著爬上瓦倫緹娜推來的空橋梯。

三人一起爬進雙引擎飛機，分別坐好。

「還是請你們繫上安全帶吧！」勞倫斯說。「誰也不知道會不會……」

一頭鮮紅的頭髮下，瓦倫緹娜的面色慘白；她試圖笑一笑，但笑出來的聲音有如老鼠尖叫。

奧斯卡朝她看了一眼。他倒是一副很有信心的樣子，她稍微放心了些。

勞倫斯按下發動鈕，引擎立即轟隆作響。奧斯卡拍拍他的肩膀。

「太棒了，機長！現在，上路吧！」

黑帕托利亞男孩拉起飛行員面罩，轉頭看醫族少年。

「我很樂意，但是，我們要去哪裡？」

「你先開出去，然後，瓦倫緹娜和我，我們會四處探查，找出蛇杖標記。」

勞倫斯聳聳肩，照他的話做。他稍稍加快螺旋槳的轉動速度，飛機開始滑行……向後。

「你確定讀到的指示是正確的嗎？」瓦倫緹娜又擔心起來。

「好啦，沒事！我就不能出個小錯嗎？」

「對啦，寧願你的小錯是出在我們起飛之前！」瓦倫緹娜同意。

「因為按鈕這麼多，」勞倫斯面對儀表板，有點搞不清楚了，嘴裡碎碎唸起來，「我已經不太記得該按哪一個了。嗯……好像是這個吧？」

飛機終於朝正確的方向前進。勞倫斯踩下油門，滑行的速度加快。他們一下子就來到山洞邊緣。前方，河谷景觀一望無際。

「快抓緊，要下去了！」

瓦倫緹娜發出一聲好長的尖叫：飛機剛掉出大山外。

勞倫斯緊緊抓住操縱桿，使出全力往自己的方向拉，但飛機還是鼻尖朝下，直往谷地俯衝。

「奧斯卡，快過來幫我！」機長大喊。「跟我一起拉！」

奧斯卡解開安全帶，兩個男孩都緊緊抱住操縱桿。機頭總算揚起，在一道道閃電之下，往拱頂漆黑的天空攀升。場面非常壯觀，瓦倫緹娜甚至已忘了要害怕。

勞倫斯穩住了飛機，奧斯卡湊過來。

「要轉彎的話該怎麼做？」他問勞倫斯。

「很簡單，只要把操縱桿往旁邊推，像這樣……」

機長男孩還來不及反應，奧斯卡就一把搶過操縱桿，飛機突然傾斜。瓦倫緹娜也已經解開安全帶，這時滾到機艙另一端，四腳朝天。

「喂！發生了什麼事？」

「奧斯卡，你是瘋了還是怎樣？」勞倫斯大吼，始終搶不回控制權。

飛機來了個大迴轉，急速衝向山壁。

「我就知道！」勞倫斯又吼又叫，「看你那副乖乖的模樣，我就知道你在暗中搞鬼！住手，我們要撞山了！」

奧斯卡深深吸一口氣，盡量瞄準。在距離山壁約一百公尺前方，勞倫斯恍然大悟，猛地搶下操縱桿。

「你不會一開始就說嗎？豬頭！操縱桿給我，你們快抓好！」

勞倫斯把操縱桿再向旁邊斜推一些，機身朝右傾斜，讓機翼通過。他們再次深入剛剛的停機場，引擎仍轟隆運轉，輪子也沒落地。

「加速，勞倫斯，加速！」

勞倫斯把油門踩得更深，飛機掠過跑道。一秒鐘之後，他們衝進遼闊的大山洞，飛翔在膽囊大湖上空。

「你呀！」為了蓋過螺旋槳的巨響，勞倫斯扯開喉嚨大吼：「一旦把事情放在心上……」

飛機開始在湖上盤旋。

「那現在，你打算怎麼辦？」機長男孩問。

奧斯卡從座位上站起來，打開腰帶上的第一個皮囊。水晶瓶在飛機飛出大山之後本已黯淡下來，現在又再度閃閃發亮。他一手拿著瓶子，另一手打開機門。氣流衝進機艙，飛機失去平衡，驚險地搖擺起來。

「奧斯卡，你搞什麼？！再胡鬧下去，我們都要掉進湖裡了！」勞倫斯驚叫。

「能飛多低就飛多低；還有妳，瓦倫緹娜，請妳抓住我的腿！」

他趴下來，腹部緊貼機艙地面，瓦倫緹娜連忙抓住他的腳。

奧斯卡的上半身懸在機艙外，狂風吹得他眼睛睜不開。飛機在大山核心隆隆震響，引擎造成的回音處處迴盪。

「低一點，勞倫斯，再低一點！」

飛機沉降，掠到湖水表面，又往上升。

「再來一次！」奧斯卡大喊，「剛剛不夠接近！」

勞倫斯多盤旋一圈，然後俯衝。他再次掠過湖面，奧斯卡盡量伸長手臂，身體稍微往外掉。

「奧斯卡！」瓦倫緹娜驚呼，「不能再出去了，你太重了，我快拉不住了！」

「撐住！」奧斯卡大吼。「勞倫斯，再低一點！」

機長男孩咬緊牙關，再往下沉一點。

「動作快，我得升上去，要不然就要撞壁了！」

奧斯卡搏命一試，伸出水晶瓶，總算碰到漿液，注入瓶口。勞倫斯把操縱桿往後拉，飛機在距離岩壁幾公分之處翻了幾個觔斗。

當勞倫斯終於拉起機頭，醫族男孩舉起手臂，做出勝利的姿勢：在他手心裡，琥珀色的液體在水晶瓶中閃閃發亮。三個孩子歡呼尖叫，飛機如旋風一般離開洞穴。奧斯卡取得戰利品了！

當他們飛過停機坪，衝出大山，翱翔在河谷上方，三人都呼一口氣，覺得輕鬆多了。

「現在，」儀表板前方的勞倫斯渾汗如雨，「如果沒有人有什麼要緊的事非待在這裡不可，接下來只要找到蛇杖標誌，就可以回去了！睜大眼睛仔細找！」

「勞倫斯！」瓦倫緹娜激動地喊，「你是我見過最厲害的飛行員！」

「那還用說。」男孩回答，「妳又沒見過別的飛行員！」

「好吧，是沒錯。」女孩承認，「但不管怎麼樣，你真的嚇到我了！哇！太強了！」

勞倫斯沒空去品嘗好友的讚美：引擎聲變得斷斷續續。三個孩子互看一眼，感到不安。就在這個時候，右側的引擎停止轉動，螺旋槳也整個停下。機身傾斜，直往下沉。

「勞倫斯！」奧斯卡大喊，「怎麼回事？」

「到頭來，我想，我不是最厲害的飛行員。」他絕望地做最後的努力，企圖拉起機頭。

「為什麼這麼說？」瓦倫緹娜大吼。

「因為，當初應該選一架燃料滿缸的飛機！」

他指著燃料表：油箱見底了。

三人都慌張起來，亂了陣腳。第二顆引擎也開始顯出疲態，噴咳幾陣；而沒過多久，就再也沒有聲音，只聽見狂風呼嘯拂掠機殼。他們齊聲尖叫，三人緊緊抱在一起：飛機失速墜落，幾秒鐘之後，他們即將粉身碎骨！

同伴們都閉上了眼睛，奧斯卡卻被一個亮光吸引，抬起頭來。就在他眼前，地面上，有幾滴漿液隨著飛機的動作滴落，畫出了他原已不期望能再見到的圖案：一只高腳盃，一條蛇纏繞，盃頂上是一個M字。

醫族蛇杖！

駕駛艙外，地面以驚人的速度接近。

他僅來得及展開披風裹住兩位好友。一秒之後，飛機觸地，炸成碎片。

幸好，機艙內空無一人。

M字後方

三個孩子轉頭環顧四周，不敢相信自己真的回到了心智掃描器裡……而且四肢健在，全身而退！

他們急忙撲到彭思身邊：管家依然平躺在地，沒有知覺。

奧斯卡輕輕搖晃他。

「彭思！彭思！聽得見我說話嗎？」

管家呻吟了一聲，算是回答。

「已經很不錯了。」勞倫斯說。「而且他的心跳也慢了下來，脈搏比剛才清楚。這是好現象，不是嗎？」

瓦倫緹娜翻了個白眼。

「又來了，現在，他又變成醫生了。喂，讓我提醒你：醫族是他，不是你！」

「那又怎樣。」勞倫斯聳聳肩。「兩件事一點關係也沒有！我把狀況說出來，只是這樣而已。我又沒說——」

「我說，」奧斯卡插話，「如果你們願意等回到庫密德斯會之後再繼續吵，那就太棒了！還不如先來幫我把他拖到隧道盡頭的石頭門！」

一聲巨響打斷他的話。他轉過身，有不好的預感。

「你們聽見了嗎？」

「沒有，什麼也沒有。」勞倫斯嘴裡這麼回答，其實聽得十分清楚，只是實在不願再有什麼事情節外生枝。

瓦倫緹娜離開他們走遠了一點。

「奧斯卡，你看：M字都熄滅了！」

奧斯卡舉起鍊墜，卻一點效果也沒有：的確，往石門的方向，西吉斯蒙的雕像後方，光亮愈來愈黯淡。轟隆聲再次震響整座隧道，比剛剛還大聲，地面搖晃了起來。

勞倫斯倉皇地轉身問奧斯卡：

「這是怎麼回事？」

「我一點也不知道。」醫族男孩回答。

第二次的響聲震落泥土，掉到瓦倫緹娜頭上。

「感覺上……感覺上隧道快要崩塌了。」她晃動兩根紅辮子。

奧斯卡丟下他們，跑到地室盡頭，一直到石門邊。他用右手握住鍊墜，誦唸咒語：

你將認出醫族純正的靈魂
守護隧道盡頭請開門。

門板轉動，顯現西吉斯蒙的雕像。然而，這一次，老人家垂著頭，閉著眼，雙臂抱在胸前。

奧斯卡爬上基座，將手放在雕像冰涼的手上，卻沒有任何動靜。西吉斯蒙彷彿又盲又聾，原字母依然沒能發揮作用，完全不肯讓他們通往另一邊，進入庫密德斯會大廳。

奧斯卡只得放棄，回頭一看：隧道裡，M字亮光一個個熄滅。

藉著鍊墜微弱的光芒，他回到朋友們身邊。隧道另一端，通行樹的方向，又是一次猛烈的撞擊，撼動壁面，孩子們差一點跌倒。電梯鬆脫，滑落墜下。整塊整塊的泥土砸落，隧道彷彿正一段段地把自己堵起來。

「我想我知道發生什麼事了。」奧斯卡高喊。「摩斯那一夥人不是醫族，卻進入了隧道。通行樹雖然把他們驅逐出去，但隧道已經曝光。所以，它正在消失……」

「要是不趕快想個辦法，」勞倫斯說，「我們都要被活埋了！」

奧斯卡看看左邊，又望望右邊，朝彭思彎下身子。

「快，」他說，「快來幫我，把他抬起來！」

「抬去哪裡？」瓦倫緹娜立刻趕來支援，一面問道。

奧斯卡轉頭，望著背後一個漆黑的洞穴。初次和魏特斯夫人穿越心念掃描器的時候，他就已經注意到這條通道。

勞倫斯謹慎地走過去。

「依你看，這條路會通到哪裡？」男孩一點也不放心。

「完全沒概念。」奧斯卡回答，「不過，我們真的沒有別的選擇。」

三個孩子扛著重擔，艱辛地走進黑暗之中。勞倫斯氣喘吁吁，汗流浹背。奧斯卡繃緊神經，注意偵察任何一點雜響或動靜。周圍無比黑暗，鍊墜的微光無法與之抗衡。

魏特斯夫人的話在他腦子裡不停迴響：「千萬別試圖走這條隧道，更別想穿越血字母！連一根手指都還沒過去，保證你就已經被雷劈中了！」他認為這件事還是不要告訴朋友們比較好。總而言之，就像他對勞倫斯所說的，他們別無選擇。西吉斯蒙不肯讓他們通過，主要的隧道又從通行樹開始一段段塌陷。這條禁忌的隧道是唯一的逃生途徑。

他們又奮力往前走一步，像遭到強烈電流通過似的，僵在原地：宛如一道火牆，一個巨大的M字顯現，咄咄逼人。圈起字母的圓環分毫不差地抵住隧道壁面。

瓦倫緹娜和勞倫斯鬆開手，可憐的管家口鼻朝下，摔落地面，悶哼了一聲痛。奧斯卡和朋友們合力幫他翻過身來。前方，火焰M字開始旋轉。

「不要靠過去，」奧斯卡說，目光使終不離那巨大的字母。「千萬不要嘗試穿越。」

「那麼，我們要怎麼做才能前進？」瓦倫緹娜問。她轉身朝出口望去：「我想，我們走投無路了……」

主隧道裡，傳來陣陣如雷般的土石流聲響。他們知道，回頭已不可能，就連禁忌的隧道中也一片塵土飛揚。勞倫斯忍不住咳嗽。

「好吧，」他一面咳，一面說，「我們必須好好思考一下。如果不能直接穿越這個兇巴巴的M字，就必須從旁邊，或者……從下面？」

他戰戰兢兢地朝字母走去。灼熱的光線立即變得更加熾烈。男孩忙向後退。

「會被烤焦的！簡直就像是那個玩意兒，你是怎麼說的？奧斯卡？花園裡那個……」

「BBQ。」奧斯卡說明。「這就是你唯一想到能帶我們離開這裡的點子？」

勞倫斯彎下腰來。

「我覺得，字母前方好像有人挖了一條壕溝。」他說。

奧斯卡和瓦倫緹娜也走到他旁邊。

「M字前面，那邊那個軟軟的東西是什麼？」勞倫斯踮腳往前走。「好奇怪喔，很像是……」

他沒把話說完，卻尖叫起來。一隻觸腕伸出來，揮鞭打在空中，距離他的臉僅僅幾公分。好險兩名夥伴及時把他往後拉：另外又有好幾隻觸腕從地底伸出，在字母前方張牙舞爪，彷彿正在尋覓獵物，然後緊勒扼殺。

勞倫斯跌了個人仰馬翻。瓦倫緹娜被嚇壞了，不斷後退。

「你剛剛說，好奇怪，很像是……」

勞倫斯爬起來，眼睛瞪得又圓又大。

「……一隻……一隻章魚。」男孩終於把話說完。「一隻恐怖的，巨大的章魚妖怪！完了，這一次鐵定完了。」

奧斯卡注視那頭怪物，以及牠那些在M字前後揮舞的觸腕。看起來，火焰字母下方的確有一條通道，章魚怪盤據在此，阻止任何人進出。

這時，奧斯卡感受到一股熟悉的熱流，這一次，來自於腰帶。他掀開披風，黑帕托利亞之瓶立即從第一個皮囊飛出，在他眼前上下躍動。奧斯卡明白他的戰利品想傳遞什麼訊息。想擺脫這隻怪物並不容易，但如果能成功，他們就能進入壕溝，從字母下方通過，繼續回家的路。

「後退。」他對朋友們簡短地說，「我想我有辦法了。」

兩個孩子照著他的話做，很是好奇。

「你要做什麼？」瓦倫緹娜問。

奧斯卡捏住他的水晶瓶，打開瓶塞，盡可能靠近壕溝。但那頭怪物顯然對任何動作都很敏感，一隻觸腕立即咻地一聲揮向他耳邊。他屏住呼吸，完全靜止不動。觸腕平靜下來，伺機而動。

「勞倫斯，黑帕托利亞漿液的用途是什麼？」奧斯卡保持靜止，只開口問。

「膽汁嗎？我想，是用來攻擊食物，消化食物，把食物分解成微小粒子……」

男孩微笑起來：他剛剛恍然大悟，明瞭好友在打什麼主意。

「當然！水晶瓶裡的液體！去吧，奧斯卡，把這一堆觸腕給我瞬間分解！」

奧斯卡以迅雷不及掩耳的速度潑灑出瓶子裡一部分的漿液。彷彿流星劃過天際，一道金光照亮隧道。閃閃發亮的液體噴灑在一隻隻觸腕上及壕溝裡那副軟趴趴的軀體上。

效果立即顯現：每一滴膽汁都在怪物身上灼出一個孔，遭受液體攻擊的章魚怪似乎被溶解了。長長的管子朝四面八方亂揮；一隻觸腕掉落地面，然後，一隻接著一隻，紛紛倒地。牠們還像蛇一樣在地面上扭動，但很快地，力道愈來愈小。壕溝深處，一團事物有如氣球一般膨脹，隨後洩氣，伴隨著恐怖的聲音，彷彿野獸放聲哀嚎。牠縮到角落裡，讓出通道。

「快過來！」奧斯卡急忙跑到彭思身邊。「你們看，他醒了！」

管家艱難地睜開眼睛，囁嚅地講了句含混不清的話。

「先別說話，試著站起來看看。」瓦倫緹娜從背後推彭思。「加油，加油，幫幫忙，我們必須進入這條壕溝，走到另一端。要是您不出點力，我們永遠也到不了！」

彭思辛苦地站起身，三個孩子盡可能地拉著他，走到壕溝邊緣。他們短暫地交換了個眼神，聳聳肩，一齊把管家推下去。彭思重重摔入溝底。

「哎呀好痛！」瓦倫緹娜閉上眼睛不敢看……「就算是他害我們受這麼多罪的代價吧！」

「動作快！」奧斯卡說，「別在這裡逗留。接下來我們還得把彭思從另一邊弄出去；那可沒這麼簡單。」

「只要能避免在這玩意兒旁邊待太久，我非常贊成。」勞倫斯補上一句，並嫌惡地朝角落裡縮成一團的章魚怪及被消化掉的觸腕殘塊看了一眼。

他們攙扶著彭思，通過M字。字母在他們頭頂上不停轉動，非常危險。熾熱令人無法呼吸，讓負荷沉重的他們倍感艱辛。果然如奧斯卡所料，更辛苦的事還在後頭：到了通道另一端，必須把管家往上抬，才能拉出壕溝。醫族男孩蹲下，交疊雙手，做出一個小階梯。

「瓦倫緹娜，把腳踩到我的手上，爬上去。勞倫斯，你也一樣。到上面之後，你們就拉彭思，我在下面推。彭思，您要幫幫忙喔，嗯？」

管家茫然地點頭答應。

兩個孩子一下子就爬出壕溝。彭思抬起頭，直起上半身，伸長雙手。他全身都在發抖。

「還差一點，」瓦倫緹娜大喊，「再把手伸長一點。就想像……我不知道，您就想像我們在庫密德斯會的客廳，正要摔破一只花瓶，而您伸長了手臂要去搶救！加油，再高一點！」

他們總算一人抓到管家一隻手，把他拉到站立起來。奧斯卡則奮力把他的臀部往上推，出了滿身大汗。

就在這時候，他瞄見一個黑影從頭頂落下。

他的肩膀遭受一記重擊，跌倒在地，而彭思跟著摔下來，壓在他身上，動也不動。瓦倫緹娜和勞倫斯毫不遲疑，立即跳進壕溝，搬開彭思沉重的身體，救出奧斯卡。

「發生了什麼事？」勞倫斯嚷嚷，「你怎麼會跌倒呢？奧斯卡？」

醫族男孩揉著肩頭。

「我的肩膀被打中了……小心！」

他把勞倫斯推開，黑帕托利亞男孩差一點被擊中。

從壕溝深處，三隻觸腕再次伸出，圍著他們，準備橫掃這塊地方。觸腕後方，章魚怪的軀體已恢復了一定的力氣，在泥濘黏滑的地面上，經過一堆已溶解的殘骸，朝他們拖行而來。

「膽汁，奧斯卡！」瓦倫緹娜驚惶失措地大喊，「水晶瓶，快點！剛剛潑的還不夠，觸腕再生了！」

奧斯卡拿出水晶瓶，瓶底只剩一點點膽汁閃耀；就算現在拿來全部用掉，他也不敢保證足以打敗章魚怪，但一切都要重來了：他必須回到大山，裝滿瓶子，取回戰利品。然而，難道還有別的選擇嗎？朋友的性命，還有他的性命，只能靠這點漿液了。戰利品，就算了吧！他毫不猶豫地打開瓶塞，正準備把僅剩的漿液灑在章魚怪身上，勞倫斯出聲阻止。

「讓我來，奧斯卡。」勞倫斯顯得異常鎮靜。「不要浪費你的戰利品。」

「我不在乎！」醫族男孩回答。「大家都活著比較重要！」

「讓我來。」勞倫斯堅持。「只是，我要你們都轉身背對我。不准看我。」他說，似乎準備做一件超尷尬的事。「答應我好嗎？」

勞倫斯避開朋友們的目光，解開背帶褲的鈕釦。瓦倫緹娜和奧斯卡明白好友的意思，默默轉過身去。

背帶褲拋落在地上，然後是T恤，再來是內衣。

男孩赤身裸體，盡可能地接近怪物。他閉上眼睛，想著父親、家人，以及山區裡所有生活在礦坑的人們，他們一輩子都要做他即將做的事；而他只需持續幾分鐘，並且是頭一遭。以前，他總想辦法避開，甚至逃進山裡，就為了逃避身為肝細胞的責任。但是今天，他義無反顧。他的心揪緊了一下，面對火焰字母，將雙手高舉過頭。

他感到全身被酷熱籠罩，一顆閃亮的黃色汗珠從皮膚上滲出。時間一秒一秒過去，金黃色的小珍珠一粒一粒地顯現在他身體表面，聚集成滴，沿著他圓鼓鼓的肚腩流下，再順著腿肚緩緩滴落，在腳邊聚成一個水窪。

一窪黑帕托利亞漿液。

珍貴的漿液在地上畫出一灘金黃色的水漬，然後，一條細流潺潺流向章魚怪。三隻觸腕舞動起來，怪物似乎探出危險。勞倫斯害怕極了，但他努力克服恐懼，維持同一個姿勢，繼續讓頭頂上火焰M字灼燙的光線曝曬，任由怪物宰割。

……然而，就在距離果膠狀的軀體僅數公分之處，膽汁小河被一塊石頭堵住，改變了流動方向，離怪物愈來愈遠！

「奧斯卡，」勞倫斯氣若游絲，聲音發顫，「幫……漿……液……」

醫族男孩轉過頭來，朝地面看了一眼，隨即明白。他蹲跪下來，避開章魚怪，來到障礙物旁邊。他用腳尖輕掃地面，漿液重新往那醜陋的怪物流去。

碰觸到的那一瞬間，漿液水窪擴散，將怪物包圍，全面侵蝕牠每一個部位。

章魚怪發出慘烈的咆哮，往旁邊滾，卻沒有用：牠全身浸泡在黃金漿液中，每一吋皮肉都急速溶解。一隻觸腕激烈掙扎，揮掃到勞倫斯，男孩癱倒在地。兩個好友急忙跑過來，把他扶起來。勞倫斯看起來已精疲力盡，卻對他們露出微笑。

「總算，身為一個肝細胞，還是有用的……」他說。

瓦倫緹娜忘情地抱住他，親吻他的臉頰。

「讚啦！你太棒了！是我們所有人的救命恩人！」

勞倫斯的臉從黃甜椒變成紅甜椒。

「對啦，對啦，呃，好吧，請你把我的T恤和背帶褲拿給我好嗎，奧斯卡？」

瓦倫緹娜這才想起夥伴其實沒穿衣服，於是尷尬地假裝看著其他地方。勞倫斯迅速穿好衣服——當然，布料都黏在他身上。由於太熱了，他又流出不少膽汁。

三個孩子轉頭看那章魚怪：這一次，牠化為一灘噁心黏稠的濁液，而觸腕也不可能再長出來或突然伸出來嚇人了……

他們回到彭思身邊。三人拿出最大的耐心與努力，終於將管家拉出壕溝。他稍微恢復了一點元氣，但臉色仍十分蒼白，全身依舊顫抖。

然後，一行人仰賴奧斯卡鍊墜的微光，在禁忌隧道裡摸索前行，終於抵達一座正正方方的四角形大廳，而且空空蕩蕩，一個人也沒有！地上鋪著大片的大理石磚，黑白相間，排成一面棋盤。廳內最底部有一扇門，是唯一的出口。奧斯卡把彭思交給兩位朋友，跑到廳底，發現門緊緊關上。

他往回走，有點心慌意亂。這一次，他實在摸不出個頭緒，不知道要怎麼做才能出去。他們被困在一個死胡同內；而另外那一頭，主隧道應該早已完全堵死了！

他正準備回到朋友身邊，腳下踩到一塊磚，稍微往下沉。

大廳中央，另一塊黑磚浮了起來，在一群人驚愕的目光下，變成一根柱子。

孩子們讓彭思背靠一座牆，坐在地上。自己則朝柱子走去。

柱子頂端大約與他們的臉部同高，上面放著一個亮面黑盒子。盒子表面光滑，散發極為清晰的光芒，像鏡子一般照映出奧斯卡的面孔；在他的映像周圍，同時顯現出其他人頭，都是陌生人，在盒子各面上移動。

勞倫斯和瓦倫緹娜本來站得比較後面，現在紛紛往前靠。

「這玩意兒可能是什麼？你有概念嗎？」

奧斯卡搖搖頭。

「沒有。魏特斯夫人和莫倫．茱伯特從未對我提起過。我也從來未曾讀過關於神秘黑盒子的文章。那你呢？」

勞倫斯也搖搖頭。

瓦倫緹娜繞著柱子走了一圈。

「想要知道這是什麼，就必須做一件事。」小女孩提議。「打開它。」她手指著盒子的另一面。

奧斯卡也繞了一圈。他注意到那些臉孔出現在盒子的每一面上，宛如腦海中浮現的一幕幕畫面。瓦倫緹娜把他拉到身邊：在一塊漆釉面板中央，鑲有一個金屬鎖。不過，三個人都沒找到任何類似開口的痕跡或封蓋壓合的線條，什麼也沒有。黑盒子看起來就像一個完滿的正方形，正中央配上這個奇怪的鎖。

勞倫斯湊近觀察，扶正眼鏡。

「奧斯卡，你看！面板中央這個標誌，你不覺得眼熟嗎？」

奧斯卡仔細察看鎖面，認出醫族M字。

「感覺上，似乎只要把你的鍊墜貼上去就行了，兄弟。」勞倫斯又說。

奧斯卡拿出自己的字母，慢慢把手臂往前伸。彷彿有種什麼東西在阻止他，但他不知如何形容。

「你在等什麼？」瓦倫緹娜等得不耐煩了。「我可是很想趕快回家的，假如盒子裡藏有這扇門的鑰匙，麻煩你趕快決定，對大家都方便。」

奧斯卡聳聳肩。朋友們說得對，大家都該回庫密德斯會犒賞自己一頓平靜的休息。再說，會有什麼危險呢？鎖上的字母來自他所屬的族群。唯一的危險反而是沒能引發任何反應呢！他伸出手臂。

廳裡響起一個低沉的聲音，將他的動作瞬間凍結。

「不！」

鍊墜只距離鎖面不到一公分，但一道綠光穿越整座廳，打落奧斯卡手中的字母，滾到遠遠的地上。

三個孩子動作劃一，一齊轉頭。

「布拉佛先生！」奧斯卡驚呼。

溫斯頓．布拉佛手持他自己的鍊墜向前走來，身後跟著其他人：奧斯卡認出莫倫．茱伯特和魏特斯夫人。老夫人看見他們都還活著，露出鬆了一口氣的表情。

醫族大長老步下幾階，來到棋盤上。

「還好你的朋友跑來通知我們。」他說。

奧斯卡探出頭，發現艾登．史賓瑟害羞地黏在門邊。艾登對他微笑點點頭。

「艾登！」瓦倫緹娜驚呼，「你怎麼會在這裡？你不是該跟歐馬利兄弟回去了嗎？」

「我改變了主意。」艾登回答。「在路上，我回想了一下。我記得公園裡有兩名病族，但在帕華洛帝的體內卻只發現一人。這表示，第二個病族應該還沒走遠，而你們可能會有危險。為謹慎起見，還是半途折返，去通知大長老比較好……」

「他做得很對。」魏特斯夫人接著補充。「奧斯卡，你克服了那麼多難關來到了這裡，要是被黑盒子的雷劈中就太可惜了。」

「雷劈？」勞倫斯疑惑地問。「為什麼？鎖上面刻的不是醫族的標誌嗎？！」

「你們該學習仔細觀察，孩子們。」布拉佛先生回答。「你看，奧斯卡，再多仔細看看這個鎖：在標誌的中心，你看到了什麼？」

這一次，醫族男孩集中注意力仔細觀察：在M字中心，有一個圓形凹槽；他抬頭看布拉佛先生的鍊墜。

「裡面有一個綠石印記。那是您鍊墜上的綠寶石，先生。」

「完全正確。」大長老證實他說的沒錯。「這表示只有大長老能用他的字母打開黑盒。相信我，如果那時你把沒有綠寶石的鍊墜貼在這塊金屬片上，當場就會被一道無敵光線射穿。即使我們兩人的鍊墜是相通的。」

孩子們面面相覷，驚魂未定。瓦倫緹娜本來因發現了鎖片而得意自滿，現在則一副卑微小女孩的模樣，目光始終不離布拉佛先生。

「我的英雄！」她情不自禁地喊出來，對高大魁梧的長老景仰癡迷。

勞倫斯偷偷用手肘撞了她一下。

「妳有毛病啊？」他低聲斥喝。「妳還以為在演電影蜘蛛人喔？」

「蜘蛛人是什麼？」瓦倫緹娜回問，並對大長老綻放一個燦爛的微笑。

「是這個世界的英雄，傻瓜。妳沒看到奧斯卡房間裡的海報嗎？總之，」他悄聲說，「那可是醫族大長老耶！妳別在他面前胡說八道，丟我們的臉，甚至害我們兩個都被遣返黑帕托利亞！」

溫斯頓．布拉佛走到奧斯卡面前，神情嚴肅。

「現在，奧斯卡．藥丸，我想你欠我們一番解釋。」

所有人都安靜下來。男孩垂著頭，鼓起最大的勇氣，向長老們報告這幾天所發生的事。

「我的魔法書變成了啞巴。」奧斯卡說出他的推論。「波依德禁止它開口，或鎖上了它某部分功能，我不知道；但是，無論我怎麼提問，頁面始終空白。於是，」男孩詳加說明，「我接受了波依德的提議：他答應要讓我的魔法書開口，前提是要我進行體內入侵時帶著他一起去。」

「簡而言之，你屈服於他的要脅。」大長老說。

「我別無選擇。」奧斯卡垂下眼睛。「我必須……必須知道。」

布拉佛搖頭。

「你什麼時候才能學會耐性和服從這兩件事？這次，你運氣好，而且很勇敢，沒錯；但是，光有聰明和勇氣，並不一定足夠。」

他嘆了口氣。魏特斯夫人走過來，鏡片後的眼睛盯著他看。

「波依德的書在哪裡？」老夫人問。

奧斯卡把書從披風內袋取出，遞給她。魏特斯夫人轉身對大長老說：

「溫斯頓，我實在很難相信波依德竟會要脅奧斯卡並想陷害他。他的確不是很好相處，但總還是個正直的人。」

「那我們也聽聽他的說法好了。」布拉佛先生提議。

魏特斯夫人翻開書。

「波依德，我有幾個問題要問您。」

書的蝴蝶頁上一片空白。這不像波依德的作風……

「波依德，您最好出來回答，相信我。」

每一次小老太太發起脾氣，聲音總是大得整座廳室的牆壁都震動發抖。瓦倫緹娜嚇得躲到勞倫斯身後，而男孩本身也很想隨便找個地方躲起來。

頁面上總算出現字跡，漂漂亮亮的，難得整齊。

「晚安，魏特斯夫人，在這個時間討論事情有點太晚了吧？您不覺得嗎？」

波依德一如以往地很沒禮貌，但老夫人仍然存疑。奧斯卡也彎下腰觀看：就連在最心平氣和的時候，波依德也從來未曾如此字跡工整……就在這個時候，頁面角落出現幾個字母，筆畫歪斜凌亂，驚嘆號下方滴了一滴超大墨漬：

「嗚嗯！！！！嗚嗯！！！！！！！」

魏特斯夫人皺起眉頭，啪的一聲把書闔上。

「我想我懂了，溫斯頓。」

「怎麼一回事？」

「波依德的書被寄生了。剛剛寫下回答的是另外一個人；相反地，出現在角落的，則是波依德本人。那人箝制住他的自由，不讓他發言！書裡不只他一個，還有別人。」

「寄生？」奧斯卡大吃一驚。「另一個魂魄？但他是怎麼進入波依德的書裡的？」

「一定是有人帶他潛進庫密德斯會，甚至藏書室。」大長老回答。

「依您看，他會不會是一個病族？」艾登也靠過來了。

「你們兩個都很清楚。」布拉佛先生注視兩名醫族少年。「病族的特性跟我們一樣。若他們不是死在體內，而是在我們這個世界，魂魄就會留下，並可以附身在各種物品上，例如書籍，或隨便一樣什麼東西。而且這個魂魄能從一樣物品轉附於另一樣。所以，只要把附著了病族魂魄的物品帶進藏書室，他就能轉附到書本裡，也就是波依德的書。」

「問題是，究竟是誰帶了什麼東西進入藏書室？」莫倫．茱伯特發問。她一進來之後就忙著照顧彭思。

「他！」瓦倫緹娜高聲大喊，「就是彭思！一定是他！在我們出了庫密德斯會之後，他就一路跟蹤，而且我們看見他跟病族在一起，他是叛徒！」

布拉佛先生走到女孩面前，彎下腰。

「小女孩，妳可不能去當偵探：是我請彭思跟蹤你們的。」

「您？」奧斯卡大驚失色，「為什麼？」

「因為你晚餐時的態度讓我察覺到不對勁。很明顯地，你在暗中籌畫著什麼事。彭思去跟蹤你們是為了要保護你們。」

「可是……當我們在公園看見他的時候……」

「……他應該是在跟留下來的那名病族作戰。」莫倫推斷。「可惜，彭思不是醫族，病族成功進入了這位可憐先生的體內。我說啊，老朋友，」莫倫對管家微笑，「晚上別再出門囉！您的年紀已經不適合了……」

奧斯卡和好友們互看了一眼，慚愧自己竟離譜到這種地步。

「我們在心念掃描器隧道，通行樹下方，發現彭思昏迷不醒。」勞倫斯說明細節，再度施展他的邏輯頭腦，重建事情經過。「由此可見，他正試圖趕回庫密德斯會通知您，時間卻來不及：因為病族已經在大山腳下引爆炸彈，造成出血……我們真的誤會他了。」

「他現在怎麼樣？」奧斯卡擔心地問。「我們進入了他的黑帕托利亞世界搶救，但願……」

「他好多了。」莫倫回答，「你們放心吧！可以說，是你們救了他。」

她站起身。

「如果對你們沒有什麼任何不便之處，我想，我要帶他回他的房間。他另外還需要追加幾項治療，明天就能恢復了。」

莫倫扶彭思站起來。管家依然十分蒼白，但不再抖得那麼厲害了。經過奧斯卡面前時，他艱難地抬起了頭。

「謝謝。」他微弱地說。

這是第一次，奧斯卡隱約看到彭思嘴角掛著一抹真心的微笑。莫倫攙扶著管家走出廳外。

「所以，這一切都是陰謀。」奧斯卡推論。「病族的魂魄強迫波依德威脅我，是這樣嗎？」

「很有可能。」魏特斯夫人也這麼認為。「我們先把波依德救出來，才能更進一步了解。」她一面說，一面警戒地盯著《病族文選》。

剛剛的新發現讓勞倫斯十分興奮，一改平日低調的作風，積極加入討論，讓瓦倫緹娜刮目相看。

「當奧斯卡跟波依德約在今晚行動時，一定被寄生病族知道了。但是，接下來，這個魂魄又怎麼能把情報傳給在公園等我們的那兩名病族呢？」

布拉佛先生雙臂抱胸，露出微笑。

「我不記得黑帕托利亞大山裡的孩子好奇心這麼重呀！不過，這個問題，我馬上能回答你。很簡單，如果這個魂魄同時盤據好幾項物品，他的各部位之間能互相溝通。只要某一個部位得到一項情報，其他部位也能知道。」

「很合乎邏輯。」奧斯卡同意，「畢竟都是同一個魂魄。」

「所以，只要其中一樣物品落入病族之手，他也就得到了情報。」艾登接續推理。

「完全正確。」布拉佛先生證實。

勞倫斯低聲叨唸，連續提了一連串疑問；奧斯卡則靜靜地沉思起來。他的腦中浮現幾幕畫面，彷彿幾片拼圖，卻始終無法湊出全貌。好不容易，解出謎團。

「我想我知道犯人是誰了，先生！在公園等著我們的不僅有病族，還有摩斯！他和他那群笨蛋同夥也埋伏在那裡！他怎麼會知道我們會出現？」

「這就表示他也是病族的一員！」瓦倫緹娜激動大喊。「寄生魂魄通知了他！」

「真沒辦法！」布拉佛先生斥喝，「妳很愛斷下結論耶，小女孩！」

這一次，奧斯卡挺身替好友說話。

「我很確定。」奧斯卡又說。「上個星期，我在藏書室遇見他父親。他說他跟您有約，先生。」

「沒錯。」布拉佛先生證實。「而我並不認為他是犯人。」他並沒有多做說明。「你也一樣，注意不要太快給別人亂冠罪名……如果艾登能聽見你們談論公園的約見，為什麼小摩斯不能？在指控之前，難道你曾看見他父親放了什麼東西在藏書室？」

「沒有。」奧斯卡坦承，「他身上沒帶東西。」

但他又仔細想了一會兒，然後補上一句：

「他只把玩了一會兒藏書室的小雕像，不過又把它放回書架上了。」

「你說什麼？」魏特斯夫人問，顯得十分詫異。

「我們說話的時候，他手裡捏著一個小雕像，只是這樣而已。不過他後來就放回原位了，隨身並沒有帶包包或什麼物品。」

大長老和老夫人交換了一個眼神。

「奧斯卡，」魏特斯夫人說，「庫密德斯會的藏書室裡沒有小雕像，從來也沒有。」

「就是這個，我們在找的犯罪工具。」勞倫斯從鏡片上方看著奧斯卡，得出結論。「病族的魂魄就在摩斯輕輕放下的小雕像裡。」

「或者也有可能是其他人。」布拉佛先生矯正他的說法。「我提醒你們：我在這裡接待許多顧客。」

奧斯卡和夥伴們盡力克制自己不搶著反駁，即使他們一點也不願意相信摩斯父子是無辜的。為求安心，大長老一把將波依德的書搶過來。他翻開書，用那一開口就讓所有人為之一凜的低沉嗓音說：

「寄生魂魄，您還有幾秒鐘的時間可以表態自我介紹。」

這一次，頁面又是一片空白。魂魄一定是躲起來了：沒有任何一個病族敢對抗醫族大長老，更何況是區區一個肉身已死的魂魄。

「很好。」布拉佛先生斷然說道：「既然如此，您讓我別無選擇……」

他闔上書本，拿鍊墜貼近封面。字母冒出一陣綠煙，包圍波依德的書。大長老開始唸咒語：

潛入紙墨中的不潔魂魄，
既然未經許可闖入此處，
你將……

咒語尚未唸完，書本便躁動起來。布拉佛先生微微冷笑，翻開書頁。連串字句飛快顯現，顫抖地用紅字潦草勾勒。

「饒命，饒命，醫族大長老。我並不想啊！我是被強迫的，請相信我！這是一場可怕的誤會，我可以把一切都好好地解釋給您聽……」

大長老對瓦倫緹娜俯下身，撫摸她的頭髮。

「可以嗎？」

小女孩用力地點點頭，咧嘴露出一個燦爛的微笑。布拉佛先生取下她一根辮子上的花花髮圈。

「他不僅英俊帥氣，而且還這麼地浪漫！」瓦倫緹娜興奮得滿臉緋紅，對著勞倫斯的耳朵竊竊私語。男孩只能猛翻白眼。

溫斯頓．布拉佛把髮圈上的塑膠花伸到頁面上方。

「立刻釋放波依德。」他冷冰冰地命令病族魂魄，「然後轉附到這朵花上。動作快，否則，我可以馬上改變主意，讓您永遠消失！」

幾秒鐘之後，頁面湧現一大串髒字，墨水四濺，弄得到處髒兮兮。所有人都笑起來，就連大長老也不例外。顯然，魂魄剛釋放了波依德，取下了箝制他發言的木棒。書的主人把先前不能說的一股腦地發洩出來……在此之後，一陣紫煙從書中冒出，鑽進花朵裡。

一切結束之後，大長老把附著了病族魂魄的花花髮圈放進外套口袋，彎腰對書本說：

「波依德，您還好嗎？」

「好得不得了，謝啦！」波依德嚷著。「我被綁了好幾個小時，嘴裡還被塞了木棒，除此之外，一切都很好！您還希望我能怎麼樣？」

波依德還保存著他迷人的個性……布拉佛先生裝作沒看見這幾行字，繼續審問。

「波依德，」他厲聲問道，「您好大的膽子，竟敢做出這種要脅？」

「我承認我有點想利用這個情勢。」書的作者坦承，態度不再那麼囂張自滿。「小藥丸需要我，所以……溫斯頓，我已經好久沒有離開那座藏書室了，那是空前絕後的機會！對那小子，我沒有絲毫惡意，我可以發誓！但是，兩個星期之後，那個病族魂魄跑進我的書裡，我就沒有選擇了……」

「您怎麼會乖乖遵從那個魂魄的命令？」魏特斯夫人問。

「他威脅說要摧毀我書裡的一切，」波依德哀聲嘆氣，「而且……」

「而且？」大長老責問。

「而且……如果我乖乖照做，他還答應我，要告訴我一些病族的獨家秘密：都是我以前不知道的事，我想寫入書裡。別怪我，這對您們也非常有用！而且，艾絲黛的書也……」

「也被病族魂魄寄生了？」魏特斯夫人大感意外。

「對。」波依德證實。「那傢伙也威脅要摧毀她書裡的一切。但艾絲黛的動作比我快，把自己關在空白頁裡不出來，並把其餘的頁面都擦掉了。結果，病族魂魄只好離開她的書。但他逼我要求藥丸進行體內入侵時把我們兩本書都帶去……艾絲黛還以為那是我的主意，就信以為真了……溫斯頓，我沒察覺他們真正的意圖。」

奧斯卡低下頭。他終於明白為什麼病族也要他帶上艾絲黛的書：他們想把書搶走，然後強迫艾絲黛說出《論述》中所有的醫族秘密！到頭來，他們沒能得手；然而再也沒有人拿得到了：書已經消失在巨槽中，被刀鋒絞爛，而艾絲黛的魂魄已死，永遠逝去。

「艾絲黛的《論述》在哪裡？」溫斯頓．布拉佛問。

奧斯卡決定將遺失書籍之事及自己的過錯一併坦承。

「我……我讓書掉進了研磨工廠的一只桶槽裡了，先生。」他的聲音虛弱無力。「我很抱歉，是我的錯。」

所有人都沉默無言。最後，大長老轉頭對其他幾個孩子說：

「現在，奧斯卡和我必須私下談談。貝妮絲，請您帶他們回庫密德斯會好嗎？我想，他們都需要好好休息。」

魏特斯夫人猶豫了一下。大長老堅持：

「謝謝您，貝妮絲。至於您跟我，如果您願意的話，我們晚一點在我的書房見。」

她點點頭，沒再多說，帶著孩子們走向石頭門。

只剩他們兩人。奧斯卡突然覺得這座廳好大好大，自己好渺小好渺小。溫斯頓．布拉佛走到他面前，逼人的目光幾乎壓垮他。

「奧斯卡，艾絲黛．佛利伍德的魂魄香消玉殞，我不得不怪罪你。她是一位高貴偉大的醫族，她的逝去是我們非常嚴重的損失。我們都將永遠緬懷她。更何況，毀於巨槽中的，是《論述》的原稿。」

奧斯卡始終不發一言，背負著罪惡感，肩頭上宛如被灌了鉛似地沉重。

「但是，衝動行事的結果讓你差一點犯下更嚴重的錯，永遠難以彌補的錯。」大長老殘酷地繼續加碼。「你害你的朋友們，甚至整個醫族，陷入死亡危機。」

奧斯卡抬起頭。他不懂最後這句責備是什麼意思。布拉佛先生立即做了說明。

「在不知情的狀況下，奧斯卡，你差一點就把病族引進我們最珍貴的資產裡。」

「在這條隧道中？還是在這座廳裡？這裡什麼都沒有呀？！」奧斯卡大喊。

大長老震怒，聲如洪雷爆發。

「什麼都沒有？你確定嗎？在進入這座廳的同時，你已進入了醫族的知識聖殿！不折不扣，如假包換！」

奧斯卡驚愕地瞪大了眼睛。聖殿！原來就是為了這個原因，魏特斯夫人當初才會嚴格禁止他進入這條黑暗的隧道，而且隧道會受到如此嚴密的保護！

「聖殿……」奧斯卡喃喃重複，尚未從驚嚇中恢復。「但是……在哪裡？」他轉頭四處張望。「這裡空蕩蕩的，我什麼也沒看到啊？！」

大長老搖搖頭，嘆了口氣。

「你期待看到什麼？滿屋子的書？一整座電腦牆？聖殿裡聚集了知識、定律、創意及思想。沒有房子裝得下這一切，容量體積都不夠。而出奇的創意可能只是虛構的，根本不佔空間。」

他走到黑盒子旁，伸手撫摸。

「只要一只盒子就夠了。」他說。

一只盒子。

奧斯卡滿心讚嘆，繞了一圈。

「一切……所有的一切都在裡面？」

「所有的一切，奧斯卡。包括艾絲黛的書的內容，感謝老天！另外還有許多你根本想像不到的東西。任何一名醫族的魂魄和記憶中的任何知識，全部在這裡面。因此，它的重要性非比尋常。」

他感慨地撫摸著黑盒子。

「沒有比知識更重要的東西了，慢慢地，你就能體會。體力，金錢，勇氣，言語，科技……沒有知識，就沒有這一切。因此，你必須不斷學習，才能成為偉大的醫族……」

他遲疑了一秒鐘，才繼續把話說完。

「……成為你想成為的醫族。」

奧斯卡點點頭。

「對於艾絲黛．佛利伍德的魂魄之死，我很抱歉。而且，」他難過地說，「就算這樣，我也沒能讓我的魔法書開口。」

「沒有人能讓它開口，奧斯卡。無論是波依德還是其他人都沒辦法，除了我之外。」

奧斯卡睜亮眼，滿懷希望與驚訝。

「您？」

「對，就是我。原因很簡單：是我奪走了你魔法書裡的知識，不是別人。」

「什麼？！不是波依德？但是他跟我的魔法書談過，是茱莉亞．賈柏告訴我的！」

「波依德的好奇心很強，或許他曾試圖讓魔法書開口，好知道你想找什麼答案。但是你的魔法書絕對不會對別人談論你的事，而波依德並沒有能力讓它變成啞巴。總之，他只是故意吹噓，騙你相信魔法書因他而三緘其口，藉此利用你得到他想要的。而你真的相信了！然後，病族的魂魄又趁虛而入，正如波依德剛剛所說明的情況……」

「但是……您為什麼要這麼做？」奧斯卡完全被弄迷糊了，問道。「您為什麼要奪走魔法書裡的知識？」

溫斯頓．布拉佛嘆氣。

「我這是為了保護你。」他還是說出口了。

「保護我？保護我什麼？您自己剛剛曾說，最珍貴的東西，就是知識。而我，我就是想知道我的父親究竟發生了什麼事？！」

他幾乎是用喊的，眼裡閃著淚光。他再也控制不住了，即使對方是醫族大長老。

「奧斯卡．藥丸，」布拉佛先生說，「說謊是很糟糕的事……我略知箇中滋味。但是，有的時候，真相比謊言傷人更深。你的年紀還太小，不該直接受某些真相衝擊，必須要能自我保護，或由別人來保護你。因此，我把這項知識從你的魔法書中去除了。」

「您說什麼我一點也聽不懂！」奧斯卡激動怒吼，「真相只有一個！」

「但是有很多層面。若有好幾個人面對這個真相，每個人都將只看到他所認同的部分。」

「但是我，我想知道！」男孩頑固大嚷。「我想知道父親發生了什麼事！」

溫斯頓．布拉佛沒有回答。他考慮了好久，對奧斯卡來說，簡直像過了幾個小時那麼久，終於決定。

「好吧！你將正面觀看真相。我先警告你：你可能會誤解，可能會沒看到全貌，錯過某個部分，不懂後面所隱藏的事實……當你沒有做好心理準備，真相可能令你痛不欲生。」

「我準備好了。」醫族男孩毫不猶豫地表態。

大長老注視他的眼睛，拿出鍊墜，朝鎖片走去。

過了一會兒，正方形黑盒子開啟，展開，幾百個看得見大腦的透明腦袋竄了出來，在奧斯卡身邊飄浮，打量他。

盒蓋豎立起來，像一面螢幕，也是透明的。螢幕上出現一些線條，自動畫出奇怪的形狀，又自動瓦解，彷彿天邊的雲彩，又像香煙裊裊形成的煙霧。

「過來，奧斯卡。」布拉佛先生說。

奧斯卡的心臟噗通狂跳，乖乖走過去。終於，再過一會兒，他就能揭開苦苦尋找的秘密。

當他總算非常靠近了，螢幕上顯現兩隻手，伸到外面，緊緊抱住他的頭。

「不要動。」布拉佛先生的話讓他安心。「你不會有任何危險。我這就出去。等你確定這裡只有你一個人之後，就可以像詢問魔法書那樣，把你的問題告訴聖殿：只需要想著那個問題就行了。祝你好運，奧斯卡・藥丸。千萬別忘記：詮釋真相的方法有千百種。」

奧斯卡沒有回答。他全心盯著螢幕；除了壓在他太陽穴上的那雙冰冷的手，以及即將呈現的一切，其他的，都不重要了。

大長老走出去，關上門。奧斯卡開始集中注意力。

我想知道我父親發生了什麼事。他閉上眼睛，在腦子裡重複這個問題好幾遍。我想知道。

一陣有如來自北極的寒冷氣流從他的頭臉吹向太陽穴上的雙手。他睜開眼：一股綠波蔓延到那兩隻手臂上、螢幕上，然後從螢幕中發散出來，進入大廳空間，穿越每一個在奧斯卡身旁圍成一圈的透明腦袋。

當綠波行進完成後，螢幕變大，在男孩面前延展開來，終於形成一幅畫面。

起初模糊，很快就變得清晰無比。

奧斯卡立刻認出維塔力：挺立在他面前，真人大小，如此靠近，彷彿能觸摸得到。但奧斯卡的整個身體似乎被從螢幕伸出的雙手箝制，無法動彈。他想張開嘴巴，呼喚父親，喉嚨裡卻發不出絲毫聲音。他只是一名透明觀眾，一如那雙手和那些臉。

反正，就算他喊出聲，父親也聽不見：他與一名黑衣人打鬥正酣。黑衣人十分高大，戴著頭套，蒙住臉。只露出一對晶亮的眼睛。

很快地，父親佔了上風，黑衣人被打敗，並被醫族帶走。

影像消失，隨即出現另一幕畫面：布拉佛先生和魏特斯夫人正在讀一封信。兩人看起來都心力交瘁。奧斯卡認出魏特斯夫人的聲音。

「維塔力．藥丸不可能投效他們那邊。溫斯頓，這件事，您跟我一樣很清楚。他不可能故意保住黑魔軍的性命……」

「我只相信我所讀到的和您也讀到的。」大長老回答。「在他家發現的這些病族的信件，罪證確鑿……」

「我們不能就這樣指控他是叛徒。必須有證據，一場公正公平的審理。應該召集長老會。」

叛徒。奧斯卡感到心跳加速。身體卻更加冰涼。

接下來的畫面一幕幕呈現，他根本沒有時間思考：距他幾公尺之處，父親昂首挺立，穩如泰山，面對醫族最高長老議會。奧斯卡不認識全部的成員，有幾位經過更換。但在場的有魏特斯夫人、布拉佛先生和濃妝豔抹，髮色赤褐的崙皮尼女爵。而女爵身旁，弗雷徹．沃姆直挺挺地坐在座椅馬基維利上，銳利的目光緊緊盯著維塔力．藥丸。長老會的成員一位接著一位發言。沃姆率先開炮。

「罪人！」他說，咧著嘴，彷彿微笑。

罪人。這個字反覆出現好幾次。魏特斯夫人的嘴唇幾乎沒有動。她的一雙碧綠眼睛也注視著奧斯卡的父親，但目光中沒有任何怨恨，甚至找不到一絲輕蔑。但也不是同情。她看著他，卻視若無睹！終於，最後，輪到布拉佛先生發言。

「維塔力．藥丸，您被判犯下出賣醫族並與病族通敵的罪名。您刻意留下黑魔君的性命，並利用您在最高長老會的職權，暗中幫助我們的敵人。」

在一陣凝重的靜默之後，大長老宣讀判決結果：

「您被判終生監禁。」

兩個男人出現，拉下維塔力的披風，取下他的腰帶。溫斯頓．布拉佛沒收這一切，放在一座大蛇杖上。大長老取出鍊墜，唸誦一段咒語，一道強烈的綠光射下，將皮囊裡的戰利品一個個擊破。

奧斯卡激動不已，呼吸困難。按在他頭上的雙手壓得更緊了些。男孩宛若一座石雕，驚懼惶恐，全身無力。

接下來，父親獨自出現在他眼前，位於一間狹小的囚室。奧斯卡認出來：這是他第一次詢問魔法書時所看到的影像。光線逐漸黯淡；而當囚室的門打開，父親的軀體動也不動地躺在地上。

「他死了。」守衛說。「他……自殺了。維塔力・藥丸自殺了！快通知大長老！」

一道嬌小的身影閃入囚室。魏特斯夫人俯下身，撫摸維塔力的臉頰，替他闔上眼。

「帶他走。」她的聲音微弱無力。「把他的遺體抬走。我來負責通知大長老和維塔力・藥丸的妻子。」

最後幾幕畫面消失後，奧斯卡猛烈掙扎。那雙手鬆開了，他的肺部終於吸進空氣。他大口大口地呼吸，向後一仰，頹倒在地。在他周圍的透明臉孔紛紛跳起方塊舞，趕著返回逐漸闔起的盒子。

過了一會兒工夫，黑盒子重新組合完畢，端放在柱架上，廳裡也恢復寂靜。

奧斯卡站起來，渾身發抖。他伸出手，在周遭四處摸索。

「不……不……」他僅吞吞吐吐地說。「一場惡夢，這是……一場惡夢？！」

他把手放在黑盒子上：盒子的確存在。他不是在作夢。一股怒火驟然從他心底升起。他發出狂吼，用力猛踢柱架，牆壁，地面。

「這不是真的！**不是真的！**」

他氣喘吁吁，衝往門邊，爬上一座螺旋梯，來到一扇半掩的門前，衝了進去。

他進到布拉佛先生的書房。大長老已在那裡等候，靜靜地。大長老對面，魏特斯夫人坐在椅子上，僵直不動，臉色發白。

「奧斯卡，親愛的孩子，」她說，「我來解釋給你聽……」

「是你們！」奧斯卡瘋狂怒吼，淚流滿面，不能自已。「是你們判了他的罪！他打敗了黑魔君，你們卻把他關入牢裡！他的死是你們害的！是你們害的！」他用手指著眼前兩個大人。

兩人還來不及回應，奧斯卡已衝出書房。

他旋風似地穿越客廳，跑了出去。瓦倫緹娜、勞倫斯和艾登本來在奧斯卡的房間裡焦急地等待，都急忙跑下樓梯。

「奧斯卡！」孩子們高聲呼喊，「等等！回來！」

奧斯卡對朋友的呼喚充耳不聞，打開庫密德斯會的大門，消失在夜色裡。夥伴們想追上去，卻被一隻手擋下。

「不。」布拉佛先生說，「讓他去吧！他需要獨處。」

傑利和雪莉被喊叫聲驚醒，也趕了過來。大長老對司機點頭示意。

「開車暗中跟著他，傑利。」布拉佛先生請求，「別讓他出事。」

傑利不多囉嗦，立即前去辦事。雪莉裹著黃色睡袍，滿頭髮捲，安慰著孩子們。

「發生了什麼事？先生？」勞倫斯問。「他為什麼什麼都不跟我們說，就這麼跑走？」

「奧斯卡遭遇了一場很可怕的經歷：他的真相。要承受並不容易。」

三個孩子都沉默下來，雖然心裡很難過，卻還是一知半解。

瓦倫緹娜走到大長老身旁，驚慌地抬頭看他。

「他……他會回來嗎？」

「或許吧！」溫斯頓．布拉佛面色陰鬱。「我希望他會回來。如果他肯回來，」他轉身對孩子們說，「那將會是一條漫長的道路。十分漫長，而且充滿阻礙、危險，以及更殘酷的真相。他需要朋友。真正的朋友。」

三個孩子互相對望，眼中閃著光芒。

「有我們在，先生。」勞倫斯說，「有我們在。」

堅持到底

賽莉亞．藥丸從睡夢中驚醒。擂鼓聲仍持續，她不是在作夢。

她跳下床，披上睡袍，下樓。

「是誰？」她往門口走，問道。

「開門！幫我開門！」

她立刻認出這聲音，血流加速，急忙轉開門鎖。

「奧斯卡！親愛的，發生什麼……」

她的話只說到一半。兒子推開她，跑過玄關，三步併作兩步跨上樓梯，衝進房間關門。

關門時，她瞥見每個星期五晚上都把奧斯卡送回來的車子。司機對她招呼致意，隨後離開。

才剛關上門，電話鈴聲就響起。

掛上電話後，她閉上眼，任自己在牆上靠了一會兒，然後大口深呼吸，靜悄悄地爬上樓梯。

她輕輕刮撓一下兒子的房門。

「我能進來嗎？」

只換來一陣靜默。她壓下門把，走進房間。

房間沒開燈，只有月光透過窗簾，在牆上映出幾個奇怪的影子。她走到床邊。奧斯卡背對著她，死瞪著牆壁。她溫柔地把手放在他身上。他全身濕透了。

「妳對我們說謊。」奧斯卡哽咽地說。

這一次，他沒有吶喊。

「妳對我和薇歐蕾說了謊。」他又說了一次。「妳告訴我們爸爸死於飛機失事。那不是真的，媽媽。他死在監牢裡，一間黑漆漆的小囚房。妳為什麼要對我們說謊？」

賽莉亞花了一段時間才開口回答。

「我不是要對你們說謊，親愛的奧斯卡。我是在保護你們。」

奧斯卡轉過身，面對媽媽。他一路哭回來，眼睛又紅又腫。

「為什麼大家都要保護我們？我一直只想知道真相！」

賽莉亞把他拉進懷裡，總算，他沒有反抗，反而緊緊抱住母親。

「他們說他是叛徒，媽媽，說他投效病族，故意不殺黑魔君。他們把他關進監牢，他在那裡死去。他做錯了什麼？我確定他沒有做任何不對的事。」

「奧斯卡，我只能告訴你，你爸爸是個了不起的人，而且絕對誠實正直。他最大的優點，就是對他人坦蕩，對自己，更無愧於心。他不說謊。他一向如此，堅持到底。」

奧斯卡鬆開母親的懷抱，望著她的眼睛。

「布拉佛先生告訴我，每個人看真相的方式可能都不一樣。但或許是他們弄錯了？或許是他們沒看到該看的真相？」

「或許，親愛的。」

「否則，真相到底算什麼？媽媽？我以為真相應該只有一個！」

「你說得對，寶貝奧斯卡：唯一的真相，是你心底那一個。無論什麼時刻，你應該傾聽那個真相。它極輕柔地對你訴說，你只需要稍微認真一些。你父親始終凝聽那個真相。而如果你對自己所做的事感到驕傲快樂，如果你凝聽那個真相，也並沒有因而做出對不起他人的事，那個真相就是正確的。」

她撫摸兒子的臉。他的頭髮都黏在前額上了。

「相信我，你大可以你父親為榮。無論誰怎麼說，無論你聽見別人怎麼評論他。因為他傾聽了他心底的聲音，而且是為了眾人的幸福著想。同樣的，如果你追隨你自己的真理，無論別人對我怎麼說你，無論他們企圖要說服我什麼，我永遠會以你為榮。」

賽莉亞身後傳來一個聲音，轉移了他們的注意力。

薇歐蕾穿著睡衣，打著赤腳，走了進來。她努力想擠出微笑，卻擠出大顆淚珠，沿著臉頰滾落，嘴裡也哼不出半句小曲。母親對她伸出手臂，她跑來躲進媽媽的懷抱。三個人緊緊環抱在一起，好久好久。最後還是薇歐蕾先開口：

「媽媽，監牢裡，沒有窗戶嗎？奧斯卡說那裡一片漆黑。所以，爸爸不能飛囉？」

賽莉亞想回應些什麼，喉嚨卻硬住了。這麼多年來，這是薇歐蕾第一次提起父親。奧斯卡吞下悲傷，終於能夠微笑。

「當然可以，薇歐蕾，想飛的話永遠可以飛，不一定只能靠窗戶。換作是妳，妳會怎麼做？」

「我嗎？」姊姊遲疑了一會兒，回答：「換作是我，我會作夢。」

「這就對了。」奧斯卡做出結論，「爸爸也一樣，他作夢。」

薇歐蕾抽抽鼻子，放心了。他們的媽媽站起身。

「好了，上床吧！現在，該說的都說清楚了，也知道該怎麼飛了；至少，別錯過今天這一夜。而明天早上，」她把兒子抱上床，「我要看到笑臉，只要笑臉。就這麼說定好嗎？」

「說定了！」薇歐蕾回答，提前露出了一個燦爛的大笑臉。

「好，說定。」奧斯卡也終於點頭。

賽莉亞親親他，牽起女兒的手，離開房間。

奧斯卡清醒著，很長一段時間，雙眼瞪著天花板。他坐起身，瞥見被自己氣呼呼地丟在角落的披風。他下床，探入披風內袋翻找，緊緊抓著他的小相本。

然後，他凝視父親的照片。

他們弄錯了。男孩默想。你不是叛徒，我知道。我以你為榮，薇歐蕾也是，媽媽也是。我希望你也是，會以我為榮。

他把相本收到枕頭下。

我會堅持到底，證明給他們看，讓他們知道是他們弄錯了。你看著，爸爸。

他拾起披風，細心摺好，跟戰績腰帶一起放在椅子上。他輕輕撫摸水晶瓶，靜靜看著另外四個空皮囊。是的，他會堅持到底，帶回所有戰利品。所有的。他會成為偉大的醫族，讓大家看到父親的真面目。

他爬上床，閉上眼睛，試圖睡著。一道光芒迫使他再把眼睛睜開：在他上方，一個金色的小水晶瓶飄浮在空中，宛如一個徵兆。

果然就在那裡，他的真相，在他心底。從此以後，他將仔細凝聽。

國家圖書館出版品預行編目(CIP)資料

藥丸奧斯卡. 第二部, 體內的偷渡客 / 艾力.安德森作 ; 陳太乙譯. -- 初版. -- 臺北市 : 春天出版國際, 2019.06
面 ; 公分. -- (D小說 ; 21)
譯自 : La révélation des medicus
ISBN 978-957-741-219-5 (平裝)

876.57

D小說 21

藥丸奧斯卡 第二部 體內的偷渡客

La révélation des Médicus

作　　者　艾力・安德森 Eli Anderson
譯　　者　陳太乙
總 編 輯　莊宜勳
主　　編　鍾靈
出 版 者　春天出版國際文化有限公司
地　　址　台北市信義路四段458號3樓
電　　話　02-7718-0898
傳　　眞　02-7718-2388
E － mail　frank.spring@msa.hinet.net
網　　址　http://www.bookspring.com.tw
部 落 格　http://blog.pixnet.net/bookspring
郵政帳號　19705538
戶　　名　春天出版國際文化有限公司
法律顧問　蕭顯忠律師事務所
出版日期　二○一九年六月初版
定　　價　240元

總 經 銷　楨德圖書事業有限公司
地　　址　新北市新店區寶興路45巷6弄6號5樓
電　　話　02-8919-3186
傳　　眞　02-8914-5524
香港總代理　一代匯集
地　　址　九龍旺角塘尾道64號 龍駒企業大廈10 B&D室
電　　話　852-2783-8102
傳　　眞　852-2396-0050

ISBN 978-957-741-219-5　Printed in Taiwan